妖怪托顧所

妖怪托顧所開張了

1

廣嶋玲子・作　Minoru・繪

林宜和・譯

步步出版

人物
久藏
太鼓長屋房東的兒子
千彌
住在太鼓長屋
的青年按摩師
玉雪
神祕的女妖怪，
經常幫忙彌助
梅婆
梅子老妖怪
梅吉
梅子小妖怪
彌助
千彌養育的孩子

其他人物

朱刻　公雞妖怪
時津　母雞妖怪
十郎　幫人類和付喪神結緣的仲介商人
小雞公主　妖鳥族的公主
東風丸　小雞公主的保鑣
冥波巳　食妖魔
姑獲鳥　守護妖怪小孩的保母妖怪

目次

妖怪托顧所

1

【妖怪托顧所開張了】

十六世紀末期，長達一百多年的戰國亂世終於結束，日本進入和平的江戶時代。

當時的首都江戶[1]一片熱鬧景象，貨物堆得滿街，行人熙來攘往。隨著人口愈來愈多，居民也不斷增加，稱作「長屋[2]」的日式木造平房，就沿著街道一間間蓋過去。

有一天，一名盲眼按摩師帶著一個小男孩，搬進一間叫做「太鼓長屋」的房子。

男孩看起來七歲左右，按摩師不過是二十出頭的青年，他們不可能是父子，長得又不像兄弟。男孩很怕生，在別人面前幾乎都不開口。

剛開始，盲眼青年跟沉默的小男孩，令長屋的鄰居們覺得很新鮮。

但是無論多麼新鮮的事物，日子一久也就褪色了。

後來，長屋的鄰居們都不再說什麼。他們認許了這一對安靜過日子的房客。

1 江戶：江戶時代的東京舊稱。

2 長屋：每戶獨立但是外牆相連，平行成列的傳統日本住宅。

1

彌助和石頭

眼前是一隻手臂，一隻完全沒有血色的雪白手臂。在黑暗之中，被拋了出去。

上臂渾圓，手指又細又長……啊！這是一隻女人的手臂。但不知道它的主人是誰，因爲，只看得到孤零零的一隻手臂。

那隻手臂，從指尖開始，一點一滴的被黑暗吞噬。哇！好可怕，不想再看下去了！

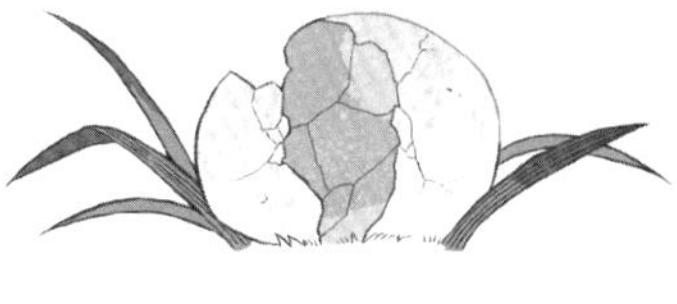

可是身體卻不聽使喚，眼睛也移不開。彌助只能眼睜睜看著那隻手臂被吞掉。

突然間，那隻手的手掌開始抽搐。手臂的主人還活著！卻快要被活生生吃掉了！

彌助差點叫了出來，趕緊把自己的嘴巴摀住。

千萬不能出聲。不能被聽到……不行，不行！但是眞的太可怕了！好難過，救命啊！

「彌助。」忽然有個柔和的聲音，從黑暗中傳來。

哎呀！原來是作夢。彌助意識到剛剛的景象不是眞的，這才睜開眼睛。千彌就躺在旁邊。

「你又作惡夢了？」千彌問。

「嗯……對不起，吵醒你了。」彌助小聲說。

「沒關係，我還沒睡著。」千彌微笑著說，一邊爲彌助點亮燈。

那是一間榻榻米還很新，整理得乾乾淨淨的小房間。彌助終於想起來，他們今晚睡在佐和老爺的大宅裡。

佐和老爺曾經是江戶有名的大商人，現在已經將店鋪交給兒子，自己隱居到鄉下的大宅第，每天種花弄草賞玩盆栽。老爺雖然身體還健康，卻經常腰痛，今天才叫千彌來爲他按摩。

從江戶到佐和老爺隱居的大宅，要走很長的路。當千彌按摩完畢，天都已經黑了。所以那天晚上，他們就睡在老爺家裡。

彌助不喜歡睡在別人家。別人家有不熟悉的味道，不一樣的氣氛，所以，他才會作惡夢啊。

千彌輕輕摸了摸彌助的頭，安慰他：「不要太在意，只是個夢啊！」

面對彌助，千彌總是帶著很溫柔的微笑。但他的眼睛一直都是閉著，兩人不知同住幾年了，彌助從來沒見過千彌睜開眼睛。

千彌的眼睛是看不見的。

彌助忍不住端詳起千彌的臉。

千彌長得眞是俊秀。他垂著眼瞼，頭髮剃得青光潔淨，一絲不剩，有一種與衆不同的神聖美感。

千彌的外表也很年輕。他應該已經超過二十五歲，但是看起來就像二十歲左右。據千彌說，他也不知道自己實際的歲數。究竟是多少歲呢？彌助總想不通。

其實，彌助也不知道自己幾歲。他是在四歲或五歲的時候，被千彌撿到的。

千彌說，他是在山裡發現獨自在哭的彌助。可是，彌助想不起那時候的事，在那之前的記憶也是一片空白。總之，從他有記憶以來，就已經叫千彌「千哥」，同住在一個屋簷下了。

無論是吃的還是穿的，或是春夏秋冬的生活，都是千彌給予彌助的。千彌就是彌助擁有的全世界。

所以，彌助只想永遠跟千彌在一起。「千哥身邊所有的事，我都要幫他做。」他暗下決心，於是就更離不開千彌了。

「可是……就算我不在身邊，千哥也不會覺得不方便吧？他感官敏銳，好像眼睛看得見似的，什麼事都可以自己做啊！」

就在彌助胡思亂想的時候，千彌皺起眉頭：「你又在想什麼無聊事了？」

彌助吐了吐舌頭。千彌就算看不見，也很容易知道彌助心裡在想什麼。因爲他實在太靈光了，彌助就更懶得跟千彌以外的人來往。

千彌最好了，只要有千彌就好了！彌助總是這麼想。

他半撒嬌的問千彌：「天快亮了嗎？」

「是啊，快出太陽了。你要不要到庭院走走，讓心情好一點？」千彌說。

彌助反正是睡不著了，就聽話的起身。

他出了房間，從走廊下去穿鞋，然後走向後頭的庭園。雖然四周還很黑，但如千彌所說，天應該快亮了。

冬天快到了，冰涼的空氣刺得皮膚有點痛，但彌助就是喜歡這樣的冷空氣，似乎可以把惡夢清除乾淨。

眼睛習慣黑暗之後，彌助看清楚這是一個寬廣的庭園，庭園盡頭連接一片茂盛的小森林。他慢慢的朝森林方向走去。

黑夜並不可怕，因爲太陽遲早會升起。

但是，彌助害怕的是夢。夢裡出現的黑暗，比什麼都可怕，讓他從骨子裡感到恐懼。那無邊無底的漆黑與深邃，只要想起，彌助就直冒冷汗。

冷靜點，那只是夢啊！不是眞的。

彌助一邊走一邊安慰自己，不知不覺就步入森林。

森林裡混合著樹木和枯草，還有冰冷的土地和石頭的味道，空氣既溼又寒。

該是回頭的時候了，彌助想著。就在這時，他眼前出現一個白白的東西。

那是一顆石頭。

像壓在醃菜上擠水用的大石頭，但是外觀平滑圓潤，白得彷彿發出微光。

彌助想起夢裡的那隻手臂，那手臂也像這石頭一般雪白平滑。

哇，好討厭！

他忽然生氣起來，忍不住捧起石頭。那顆石頭比想像中的重，彌助將它舉到頭上，一口氣用力往地上砸。

「啪啦！」

石頭發出好大的聲音，裂成兩半。

看著地上碎裂的石頭，彌助才鬆一口氣。

對了，得趕緊回去才行。

彌助帶著如釋重負的神情，從原路小跑回去。

——＊＊＊——

那天中午，彌助和千彌回到太鼓長屋。可是，屋子裡卻來了一名不速之客。

「回來啦！你們兩個一起上哪兒去啊？」那人躺在榻榻米上，笑著問道，口氣十分親暱。

那是一個青年，雖然不如千彌俊秀，也算長得不錯。他打扮很講究，繫著時尚的腰帶，腰帶下垂掛的菸管袋和吊飾也很精緻，頭髮高高束起，身上不知藏著什麼香囊，發出芬芳的味道。

只聽千彌冷冷的回答：「久藏，你又自己闖進來了？」

「阿千，不要把我說得像小偷嘛！我可是會傷心的。」被喚做久藏的青年嘻皮笑臉的說，原來他是這間太鼓長屋房東的兒子。

久藏今年二十三歲，是這附近有名的花花大少。他既不工作也不幫忙家務，每天到處玩樂，是個遊手好閒之輩。

久藏老說他討厭男人跟小孩，卻又對千彌和彌助特別感興趣，沒事就來找他們。他一來就會闖進房間，或到廚房擅自找醃菜吃。他最喜歡黏著千彌，令彌助看得非常不順眼。

彌助狠狠瞪著久藏，對千彌小聲說：「千哥，你教他不能隨便進來啊！」在外人面前，彌助就是不敢大聲說話。

久藏也知道彌助的個性，撇嘴笑道：「咦，是哪裡有隻小狸貓在叫啊？牠在叫什麼呀？」

「你教他不准叫我小狸貓啦！千哥，你說說他啊！」

彌助氣得跳腳，久藏卻笑得更開心了：「哎呀！真是個麻煩的小孩。阿千，你們究竟去哪兒啦？」

「佐和老爺住的地方。」

「咦，到那麼遠的地方？可真辛苦了！」

「久藏，你也該回父母家了，他們會擔心喔！」千彌沒好氣的說。

「不要，回去看老父老母的臉色，還不如多看看阿千。阿千還是一樣俊啊！」久藏哈哈笑著，彌助看了真想揍他一拳。

千彌忽然走向久藏，從他懷裡一把抽出菸管袋，對彌助說：「彌助，你把這個拿去給房東看，他馬上就知道懶兒子又賴在我們家了。」

「哇，阿千，不要啊！好啦好啦，我到別的地方去就是了。哼，你不留我住，可還有好多地方歡迎我呢！」久藏一邊抱怨，一邊依依不捨的出去了。

千彌嘆口氣說：「他可真是煩人啊！」

「我最討厭他了！老是嘲笑我。對千哥也是阿千阿千的叫，自以爲跟你很要好。」

「你在嫉妒嗎？」千彌笑著問。

彌助答不出來。

當然啦！無論是誰想接近千彌，彌助都不喜歡。他害怕的是，千彌會被別人搶走啊！

彌助噘著嘴不說話，千彌溫柔的摸摸他的頭：「我會一直待在彌助身邊，我是彌助一個人的千彌喔。」

彌助最想聽的話，千彌都知道。

經過千彌安撫，彌助這才放心，對自己發脾氣覺得不好意思：「對不起啊，千哥。」

「不必道歉。」千彌微笑。千彌的笑容像佛菩薩一般慈祥。

當天晚上，發生了一件大事。

就在快上床的時候，來了訪客。門板被咚咚敲響，千彌開口詢問，門外卻沒人回答，只有敲門聲仍咚咚咚響個不停。

彌助心想，大概是久藏吧，他一定是又來纏他們，央求讓他住一晚。

彌助問千彌：「如果是久藏，可不可以打他一下？」

「那他一定會大嚷大鬧，可就吵死人啦！」千彌搖頭苦笑。

「隨便找個藉口，騙他說以爲是小偷，可以嗎？」

「那可不要讓他受傷喔！」千彌勉強答應。

「嗯！」

彌助找來一根搗粉用的杵棒，握在手裡，拉開門栓。

門外竟然沒半個人。

「咦？」彌助疑惑的往外跨出一步，向四周張望，還是不見人影。

「彌助，趕快進來！」千彌忽然大喊。就在同時，彌助的衣領被一把抓住，一股巨大的力氣把他整個人提起來，腳不著地。

這不會是久藏，他那麼軟弱，可沒這麼大力氣。那麼到底是誰呀？

彌助被嚇到了。

「把孩子放開！」彌助聽到千彌在背後大吼。那是他從未聽過的怒吼。

但是，抓住彌助的大手卻不肯放開。只聽沙啞低沉的聲音，接二連三的從上頭傳下來：

「咱們是奉命來抓犯人的！」

「不准阻擋！」

「乖乖聽話！」

彌助無法動彈，難以置信的張大眼睛。

他們是官府派來的？可是爲什麼？我做什麼壞事了？

他嚇得渾身癱軟，下一刻，就被蒙上眼睛。

「你們要對孩子幹什麼？」千彌震怒的嘶吼，令捕快們一時停住，噤聲不語。半晌，才有人平靜的說道：「咱們是妖怪奉行所[3]派來的。月夜王公下令，要把這個小孩帶去接受審判。」

「月夜王公……？」千彌遲疑的問。

「是，這小孩犯了罪，得接受審判。」

好幾隻大手緊緊抓住彌助的手腳，每隻手都粗糙冰冷。接著，一對對翅膀張開，彌助發現自己離地面愈來愈遠。

「把彌助還來！」千彌的叫聲漸漸聽不到了。

「千哥——不要啊！」彌助大喊。

但是大手依然緊緊抓著他，翅膀也繼續拍動著。

飛行的速度太快了，彌助終於失去知覺，暈了過去。

---

3 奉行所：江戶時代掌管行政和司法的官府，擁有很大的權力。

2

妖怪所長的審判

「喂，醒醒啊！人類的小孩！」聽到陌生的叫聲，彌助驚醒過來。他定睛一看，眼前是個可怕的黑臉怪物！

那怪物的眼睛又紅又亮，身上披著漆黑的羽毛，還長了一副又尖又長的大嘴巴，臉孔看起來既像鳥又像人。

「哇！」彌助尖叫一聲，想要往後退，卻一頭倒栽在地。原來他瘦小的身體被繩子捆了好幾圈，根本動彈不得。

雖然又痛又怕，彌助還是忍不住瞄了一下怪物。只見他的背上長著一對大翅膀，身體卻是人類的樣子，穿著像修行僧的道袍，頭上戴著一頂六角形的小帽。

這大概就是傳說中叫做「烏天狗」的妖怪吧？

烏天狗用尖銳的爪子抓住彌助的衣領，一把將他提起來。

「立正站好！月夜王公就要駕到了。你的審判即將開始啦！」烏天狗喝道。

彌助打量一下自己站的地方，似乎是個小庭園，四周圍繞很高的白牆，腳下鋪滿發光的白色砂石。在他的正前方，聳立著一座巨大的朱紅色鳥居[4]。

彌助直覺這裡不是人類該來的地方，頓時寒毛直豎。他一邊發抖，同時卻覺得很生氣：爲什麼自己得遭到這種處罰？他怎麼也想不通自己到底犯了什麼罪。

烏天狗彷彿看穿他的心思，用可怕的眼睛瞪著他，說：「都是你的錯啦！誰叫你傷害姑獲鳥了？那些有小孩的妖怪都好生氣，大夥兒一起湧進妖怪奉行所，要求將犯人逮捕。咱們駐守衙門的烏天狗部隊，都差點被他們壓扁啦！」

「姑、姑獲鳥？」彌助不解。

「這裡是妖怪奉行所東方地宮，掌管這裡的所長月夜王公即將要來主持審判，你得乖乖聽候，王公就快駕到啦！」

烏天狗剛說完，朱紅的鳥居就發出微光，裡頭出現一個修長的人影。

那個人影穿過鳥居，來到彌助眼前。原來是個年輕男子，穿著鮮紅的長袍，一頭茂密的銀髮由臉頰兩旁披垂下來，彷彿是平安時代[5]的貴族。

男子的相貌俊美得驚人，像月初的上弦月那般清麗。他的右半邊臉被一個紅色的鬼面具遮住，更顯得左半邊臉不同凡俗。

美男子的背後，拖著三條狐狸似的尾巴，長長的尾巴通體銀白，從長袍下襬伸出來，每條尾巴的尾端各由一隻老鼠捧著，牠們身穿黑衣，表情非常恭敬，努力不讓男子的尾巴碰到地面。

美男子優雅的走到彌助面前，靜靜的盯著他。那是一種毫無溫度的冷澈神情。接著，他開口了：「吾是掌管妖怪奉行所東方地宮的月夜王公。你就是傷害姑獲鳥的人類傻瓜嗎？沒事爲什麼來惹這麻煩

啊？飛黑，你把起訴狀念給他聽！」

「遵命！」名叫飛黑的烏天狗從懷裡掏出一張紙，大聲念了出來：

「今天早晨，姑獲鳥居住的姑獲石被人傷害。石頭裂成兩半，教姑獲鳥非常傷心，當場離家出走。姑獲鳥下落不明，令養育小孩的妖怪同胞束手無策，為此請求召開審判，務必嚴懲犯下大罪的人類。」

念完之後，飛黑恭敬的將訴狀呈給月夜王公。月夜王公揮一揮訴狀，不屑的說：「聽到沒有？彌助，這就是你的罪狀。你還敢說不記得嗎？」

彌助一句話也說不出來。雖然不是很懂，但今天早上他確實曾走進森林，打破一個大石頭。沒想到因為這樣，害得住在石頭裡的姑獲鳥離家出走，妖怪們好像都很煩惱。

可是，彌助根本不知道那石頭是姑獲鳥的家啊！他正要開口辯解，月夜王公卻先發制人：「你不能因爲不知道就脫罪。對有小孩的妖怪而言，姑獲鳥是不可或缺的，她就像生命之神啊！」

「生、生命之神……？」彌助更不懂了。

「姑獲鳥是集所有母親的愛誕生的妖怪喔！」月夜王公的口氣變溫和了。

「對所有孩子都公平無私的愛護，這是姑獲鳥的天性。所以，姑獲鳥才會經營妖怪托顧所，代替工作忙碌的妖怪父母照顧孩子。她可是妖怪父母的救星喔！雖然妖怪之間糾紛很多，但是姑獲鳥絕不偏袒誰，對任何妖怪的小孩都來者不拒，一視同仁的細心照顧。」月夜王公說完，瞪著彌助，他狹長的眼眸深處，彷彿燃燒著青色的火焰。

「你竟然傷害這麼崇高的姑獲鳥，讓吾等分頭找她找得好辛苦。就是找到了，她也不一定肯回來。再說要爲姑獲鳥找新房子，還得再花一番功夫，簡直教吾束手無策了！」月夜王公忿忿的說，他身旁的飛黑及捧著尾巴的老鼠們，也都拼命點頭。

原來，大家都在生彌助的氣啊！彌助知道自己這個禍惹大了，不禁嚇出一身冷汗。

「可、可是……我不是故意闖禍的呀！」彌助低著頭，心想。

月夜王公卻不饒他：「所以說，你可是個罪人，而且還是個大罪人！吾不能不處罰你，無論有什麼藉口一律不受理。」

怎麼這樣啊！彌助很不甘心。他知道自己做錯事了，可是連說明理由都不行，也未免太過分了！

只是，人間的常識在這裡好像行不通。

月夜王公繼續說：「吾就是這裡的法律，吾講的道理都是絕對正確的。而且，吾討厭人類！此外，吾不想聽你辯解還有別的原因……吾不喜歡你的氣味！你的氣味令吾想起某人，讓吾反胃。你身上有他的氣味，還敢出現在吾面前，吾就覺得非懲罰你不可了！」

天啊，這麼不講理也能當妖怪奉行所的所長！彌助忍不住在心裡吶喊：「千哥，救命呀！」

但是，千彌不在這裡。在這裡的全部是對他一肚子火的妖怪啊！

月夜王公提高聲音說道：「在此宣判：人類之子彌助，犯下傷害姑獲鳥之罪，爲妖怪父母帶來重大損害。爲了向大家賠罪，命令彌助開辦妖怪托顧所，在姑獲鳥回來之前，必須負責看顧妖怪子女，克盡保護責任。以上是裁判結果。」

月夜王公說完，臉上露出冷笑：「本來吾可以宣判更殘酷的刑罰，但是不能流於洩憤，不如利用你做本來就該做的事。今夜開始，你就是妖怪托顧所的負責人了。怎麼樣啊？飛黑，吾的審判很高明吧！」

「是，不過……這小鬼頭會照顧妖怪小孩嗎？」飛黑小心的問。

「照顧不好再說啦！到時候再重新處罰就可以。把吾的妖怪印拿來！」

「遵命！」飛黑大聲回答。

一旁的彌助卻呆若木雞，愣在原地。

我怎麼能代替姑獲鳥啊？怎麼照顧小妖怪啊？我不會呀！彌助正要申訴，脖子後面卻被什麼東西蓋上去，接著傳來好大一聲

「嗤……」，皮膚彷彿被火燒般的刺痛。

哇啊啊！彌助差點放聲慘叫。

「不行，我不能出聲。不能發出聲音，不行不行不行……」彌助咬緊牙關拚命忍耐，漸漸的，眼前逐漸變黑。

在意識一點一點流逝之中，彌助聽到月夜王公緩緩的說：「你脖子上蓋的是妖怪印，今後以這個印做標記，忙碌的妖怪們會把小孩送去給你帶。你要是拒絕，妖怪印就會變毒，削減你的壽命。要是不怕死，你也可以拒絕喔！」

隨著月夜王公遠去的冷笑聲，彌助再次失去意識。

——＊＊＊——

「彌助，彌助！你不要緊嗎？拜託你醒醒啊！」

咦，這是千哥的聲音啊……彌助心想。千彌會這麼著急，一定是發生什麼大事了！

他勉強睜開沉重的眼皮，就看見千彌鐵青的臉。

「彌助！」千彌喊。

「千哥……怎麼啦？」彌助問。

「什麼叫怎麼啦！剛才一群烏天狗把你送回來之後，你就一直昏睡不醒，現在已經是早上了！他們到底對你做了什麼？」

聽到千彌連珠炮似的問話，彌助終於想起來了，他一骨碌的爬起來：「我、我、我不知道……千哥，我……」

看見彌助發抖的樣子，千彌緊緊抱住他：「沒關係，我絕對不會再讓他們把你帶走了！無論出什麼問題，我都會保護你。所以你一定要告訴我，究竟發生什麼事？他們對你做了什麼？」

彌助一五一十的告訴千彌。

他記得自己被五花大綁，送到一個奇怪的地方，那裡有烏天狗守衛。然後從朱紅色的鳥居後面，走出一個長了三條尾巴的美男子，他爲了姑獲鳥的石頭被打破的事，嚴厲譴責了自己一頓。

然後……他就被宣判必須照顧妖怪們託付的孩子，直到姑獲鳥回來。

彌助好不容易說完，立刻閉上眼睛。他實在不願相信這是眞的，不知道千彌會怎麼想？千彌會是什麼表情？他很害怕，不敢睜開眼睛去看。

千彌聽了，久久不語，最後才深深呼了一口大氣，說：「彌助，我想……你是不能拒絕這工作的。」

「咦，爲什麼？」

「跟妖怪做的約定，最好不要打破。他們不是人類，就算逃也逃不掉的。你大概被蓋上妖怪印了吧？」

聽了千彌的話，彌助趕緊把手伸到脖子後面。

可是，被蓋上妖怪印的地方，卻什麼都沒有。他摸了好幾次，還是摸不到任何傷口。彌助原本以爲他被燙了一個烙印呢！

「我感覺不到任何東西……是眞的有嗎？眞的有被蓋妖怪印？」

「應該有吧！妖怪就認這個標記，他們會上門來找你。所以你是逃不過的，不如壯起膽子，接下這個任務吧。」千彌說。

「可、可是……千哥不害怕嗎？妖、妖怪會來找我們啊！」彌助抖著聲音說。

「不會的，反正我眼睛也看不見妖怪啊！」

「不，可怕的東西就算看不見，也是會害怕呀！」

對著驚慌失措的彌助，千彌冷靜的說：「你鎮定一點。雖然是妖怪，也只是要你照顧他們的孩子，應該不可怕的。」

「可、可是，妖怪的孩子，我照顧不來呀！」

「不要緊，姑獲鳥遲早會回來，你只要忍耐到那時候就行了。而且我也會幫忙，不會讓你一個人挑重擔的。」千彌安慰道。

「但是，要是惡鬼來了，我們說不定會被吃掉啊！」

「無論是什麼樣的惡鬼，也只是來托兒，怎麼會把保母吃掉呢？

不要擔心，沒有那麼可怕的。」千彌不知為什麼，一點都不猶豫。他一直強調，妖怪並不可怕。

啊，千哥一點都不厭煩，既不害怕，也不責怪我給他帶來麻煩……彌助忽然領悟，自己其實沒什麼好怕的。

是啊，比起妖怪，被千彌討厭更令人害怕。不過，千彌已經保證無論如何都不會丟下彌助不管，也不會討厭彌助。

那麼，我應該就可以撐下去吧！彌助忽然覺得生出一股勇氣。

「只要不會讓千哥討厭，我、我就不在乎了！」彌助說。

「小傻瓜，我怎麼會討厭彌助呢？」千彌溫和的聲音，讓彌助聽了好安心。

接著，彌助就被千彌趕進了被窩。千彌要他好好補眠一下：「昨晚經過那麼多折磨，你一定很累了！」

千彌說得沒錯，彌助一躺下去，就呼呼睡著了。

當他再睜開眼，已經是傍晚時分。

「哇，千哥，對不起，我趕快來煮飯！」彌助急忙跳下床，跑去生火、洗菜。

千彌對煮飯烹飪這方面的家事，是出人意料的不行。因此張羅三餐從好幾年前開始就變成彌助的工作，現在的他，已經是廚房高手了。

今天，彌助俐落的做好味噌湯，再用米、醬油和酒煮成燉飯，上頭撒一些芝麻調味。配菜是水煮豆腐和醃菜，還有鮮美的烤魚乾。

當他們吃完飯的時候，外頭天色已經全黑了。

彌助心裡逐漸感到不安，因為夜晚是妖怪出沒的時間。如果他們要來托兒，現在就快開始了……真的好可怕呀！

彌助坐到千彌身旁，不知等了多久，忽然聽到敲門聲，接著傳來一道沙啞的聲音：「我們來請託了！」

彌助飛快的跳起來：「來啦！怎、怎麼辦啊？千哥？」

他緊緊抓住千彌，千彌卻指了指門口：「彌助，你去開門，讓他們進來。」

「可是……」

「趕快去！」千彌語氣強硬，彌助只得慌忙跑向門口。但是才跑到一半，他又停住了。

真的要打開嗎？如果不開門，是不是就可以逃過去了？

彌助剛這麼想，忽然，脖子開始抽痛。

哇哇哇！眼前一陣天旋地轉，那被蓋妖怪印的地方，像火燒似的又熱又痛，骨頭好像快融化了！

這時，只聽千彌大喊：「彌助，快開門！快啊！」

彌助豁出去了，他打開門大叫：「進來啊！」

就在這一刻，疼痛消失了，真的是一瞬間就消失了！

彌助一邊喘氣，一邊望向門口。可是，卻沒見到任何人。就在他覺得莫名其妙時，那個沙啞的聲音從底下傳上來：「我來托孫子啦！」

彌助定睛一看，有個迷你的身影，直直的站在他腳下。

---

4 鳥居：日本神社門口的牌坊，代表人間和聖域的交界。

5 平安時代：日本在西元八世紀到十二世紀間的時期，是古代到中世的過渡期，盛行華麗的貴族文化。

3

妖怪托顧所開張了

那是一個身高不到三寸的老阿婆，她的頭髮全白了，穿著一件綠色的工作服，背著一個竹籠。阿婆的臉又紅又皺，像是塗了漆一般。

「她長得好像某種東西呀！」彌助心想。

紅臉的迷你阿婆睜著大又圓的眼睛，對彌助說：「你就是新來的保母？我想把孫子托放在這裡一個晚上。」

阿婆一邊說著，一邊將竹籠卸下來，掀開上頭蓋的草蓆。籠子裡有一個綠臉大眼的小小孩，正抬頭看著彌助。

「這是我的孫子梅吉。」阿婆說。

原來如此。彌助聽到這名字才聯想起來，阿婆和她的孫子一定是梅子妖怪。剛才覺得阿婆長得好像什麼東西，原來是梅乾啊！

彌助心裡的念頭，好像馬上傳給阿婆似的，只見她瞪著眼說：「我可不是梅乾，我叫梅婆啦！那麼就拜託你一個晚上了。梅吉，阿媽明天早上再來接你，你要乖乖聽話喔！」

梅婆向彌助點了點頭，接著就像一陣煙般忽的消失了，只留下梅吉和裝著他的竹籠。

彌助愣了一會兒，才想起他得開始工作了，於是戰戰兢兢的提起竹籠，走進屋裡。

「千、千哥，我收留一隻小妖怪啦！他叫梅吉，大概是個梅子妖怪。」彌助一邊說著，一邊小心翼翼的把竹籠放下。

梅吉從竹籠裡爬出來，睜著圓滾滾的眼睛四處張望。他的身體比梅婆更小，大約只有一寸半，頭上束著一個小小的髮髻，皮膚像青梅子一般

鮮綠，茶色的肚兜上印著一朵大大的白梅花，看起來很可愛。

「嘿，這就是人類的家啊！」梅吉說著，一邊轉向千彌：「咦，你是誰呀？」

「我是彌助的養親，我叫做千彌。」千彌回答。

「嘿，妖怪界的妖怪都沒你好看喲！」

「喂，你不要找我千哥麻煩！」彌助想把梅吉抓上來，他卻一溜煙閃開，往千彌跑過去。好個動作靈活的小傢伙。

「哇，哥哥長得眞好看，比我們月夜王公都不差喲！你爲什麼閉著眼睛，是看不見嗎？」梅吉很好奇。

「是啊，我在很多年前就失去視力了。不過，我過日子沒有不方便。」千彌耐心解釋。

「喔，是這樣啊！我叫梅吉。你好像跟其他的人不太一樣，是哪裡不一樣啊？」梅吉繼續問。

「我的事你不用管啦。倒是想問梅吉，你爲什麼被寄放在這裡呢？」千彌反問。

「今天晚上阿媽工作很忙，就把我帶到這裡了。」梅吉說。

「是什麼工作？」千彌又問。

「山妖們請阿媽去做梅子酒。阿媽只是去幫忙，不過被她摸過的梅子就會特別好吃。今天他們醃的是特別的秋梅，只有在這個季節才收成。秋梅醃好經過一個冬天，就變成上等的梅子酒了。」梅吉說得頭頭是道。

梅吉說，山妖的身體很大，眼睛卻看不清楚。要是矮小的梅吉在旁邊湊熱鬧，一不小心可能被山妖送進酒甕，就會一起醃成梅子酒了！梅婆很擔心，才會把孫子帶來這裡寄託。

「那麼，梅婆自己不是也很危險嗎？」千彌問。

「不用擔心阿媽啦！她的臉又紅又皺，就是再笨的山妖，也不會弄錯喔！」梅吉笑著說。

「原來如此，的確是啊！」千彌點頭。

接著，梅吉轉向彌助，不客氣的打量他：「我被阿媽寄託在姑獲鳥阿姊家好幾次，彌助跟阿姊差太多了！你既不像阿姊那麼溫柔，也沒有她身上的香味。」

「不行嗎？」彌助忍不住用手指彈一下梅吉的額頭。不料，梅吉馬上放聲大哭。

梅吉的哭聲驚天動地，把老朽的長屋牆壁和地板震得吱吱響，天花板上的灰塵也抖落下來。

「唉呀，太可怕了！」千彌哀嘆，彌助衝過去抱住他：「千哥，你、你趕快想辦法啊！叫他不要再哭啦！」

「是彌助把他弄哭的，你就要自己想辦法呀！」千彌卻說。

「怎麼這樣啊！」彌助急得跳腳。

「我對愛哭的孩子很沒轍欸！」聽著梅吉震天價響的哭聲，千彌只是摀住耳朵，露出痛苦的表情。

千彌的耳朵很靈敏，所以對這聲音特別難受……彌助只能自己想辦法解決。

他一把抓起梅吉，大聲嚷著：「不要哭啦！你也是男生啊！你再不停止，我就對以後來托帶的小妖怪們說，梅吉雖然是青梅仔，卻把臉哭得紅通通喔！」

忽然，梅吉不哭了。他氣憤的對彌助喊著：「我、我不是青梅仔，也沒有紅通通啦！」

無論如何，彌助終於讓梅吉不再哭了。他鬆了一大口氣，卻聽千彌拍手叫好：「厲害厲害！」

見到千彌一派輕鬆的樣子，彌助才知道上了當：「千哥……你說過要幫我帶妖怪小孩的呀！」

「這麼簡單的事也要我幫忙，不行喔！我已經被大家說太寵彌助了。總之，先給梅吉吃點東西吧。只要填飽他的肚子，大概就會乖一點了！」

「知道了！」彌助已經覺得好累，但還是把剩下的燉飯捏成一個迷你飯糰，拿給梅吉。梅吉接過去，馬上張口大嚼，吞進肚裡。

「好吃，好吃喔！彌助。」

「是嗎？看你剛才哭那麼大聲，待會兒鄰居要是上門抗議，教我怎麼辦呀？」

聽到彌助抱怨，梅吉卻抬起頭說：「不要緊啦！你這個家的四周，已經被妖怪奉行所下令圍了一道結界6。你家現在就屬於異界，再怎麼吵鬧，聲音也不會傳到人間啦！」

「咦，結、結界？」彌助大惑不解。

「是啊，彌助。你昨天不是被烏天狗抓去嗎？那時候周圍也一定是張了結界，所以附近沒有人發現吧？」梅吉又說。

「的確……昨天晚上這裡大吵大鬧，卻沒有鄰居來說什麼啊！」

彌助想通了，只要妖怪的事不被鄰居知道，他就可以安心一點。

就在這時，彌助猛然發現一件事，心臟又開始怦怦跳。

原來，他剛才很自然的和梅吉對話了，不但聲音清楚，也有看著梅吉的臉。到現在爲止，他也只敢跟千彌這樣說話呀！

彌助不敢相信自己改變了，心情不禁激動起來。

接下來的事，彌助也記不清楚。他好像被梅吉討吃的，又做了一些飯糰給他，直到梅吉吃飽睡著，才抱他進去竹籠。

當他把事情都做完，天已經快亮了。

忽然敲門聲響起，彌助心想一定是梅婆來了，趕緊把門打開。

果然是矮小的梅婆站在門口，身旁有一個和她差不多高的陶甕。

「我來接孫子啦！」梅婆說。

彌助立刻去帶梅吉，因爲他還在睡覺，就連竹籠一起提過來，放在梅婆跟前。梅婆看著孫子的睡臉，笑了起來，對彌助行個禮，然後伸手指著陶甕。

彌助心想：「說不定我也可以和梅婆自然說話？」

他緊張的深吸一口氣，問：「那陶甕裡裝了什麼？」

聲音很清楚！彌助被自己的勇氣嚇了一跳，只聽梅婆答道：「這是我醃的梅乾，希望你喜歡啦！」

就在這時，梅吉睡醒了：「哇，阿媽來接我了！」

「呵呵，因爲你不在旁邊，我跟山妖們順利醃了好多好多梅子酒。快向這個小哥道謝一下，他幫了我們大忙喔！」梅婆對孫子說。

「好！」梅吉從竹籠裡伸出頭，對彌助說：「謝謝你的飯糰，太好吃了！我還要來吃喔！」

「不用再來啦！」彌助沒好氣的說。

「哈哈，你愈說不要，我就愈想來了！」梅吉淘氣的笑臉，惹得彌助也跟著笑了。

梅婆帶著梅吉，一眨眼就消失了。彌助關上門，回到屋裡。

「第一件差事，大功告成！」千彌說。

彌助很高興的點頭，對千彌說：「千哥，我對他們……開口說話了！」

「的確是啊！我也嚇一跳，我以爲你只敢對我說話。」千彌笑道。

「千哥……你沒有在嫉妒吧？我可以跟別人開口說話了！」

「不要說傻話，趕快去睡覺！快去！」千彌斥道。彌助趕緊鑽進被窩，一時半刻卻睡不著。

他的內心感到一陣莫名其妙的興奮——說不定，自己也敢跟接下來上門的妖怪說話；又說不定，自己可以勝任這份工作。對了！明天就把梅婆給的梅乾拿來料理。用梅乾和小魚乾拌入米飯，應該可以捏好吃的飯糰。

彌助東想西想，不知不覺就進入夢鄉。

6 結界：分隔特定空間與外界的隱形界線。

4

大公雞朱刻與母雞老婆

叩叩叩……響起硬邦邦的敲門聲。

唉呀，門外有誰來了，一定是妖怪！又有妖怪來托兒了。

彌助揉著惺忪的睡眼，勉強爬起來。一鑽出被窩，身體就凍得打了個哆嗦。這幾天愈來愈冷，已經入冬了。

他縮著身子走向門口，一邊問：「是誰啊？」

「我來托兒啦！」門外的聲音說。

「知道了！」彌助不情願的應道。

一開門，就見到一隻巨大的公雞。他實在太大了，不知道是怎麼走進這窄巷裡，眞令人佩服。大公雞的雞冠像火焰般鮮紅，金色和茶紅色相間的羽毛閃閃發亮，尾巴又黑又長，發出美麗的深綠光澤。

只見大公雞張著亮晶晶的眼睛，低頭看著彌助說：「我叫朱刻，你就是開托顧所的彌助嗎？」

「是、是啊！」

「哦，你比我想像的小啊！不過也沒得挑啦！我要託你帶小孩，請你把他從鞍上的袋子裡取出來好嗎？」大公雞說。

朱刻的背上架著一個小小的鞍，跟騎馬用的一模一樣，甚至還附著鐙。他的鞍是用上等的黑檀木做的，上面雕著精緻的花紋。

鞍旁垂掛一個袋子，彌助聽話的把手伸進袋裡，卻摸到一個又硬又滑的東西。莫非這是……？

他把那東西掏出來，果然是一個蛋，跟彌助的頭一樣大的紅雞蛋。這個蛋要是拿來做煎蛋，可以做幾人份啊？彌助忍不住想像。

看見彌助驚訝的表情，朱刻有點不好意思的說：「孵蛋本來是我老婆的責任，可是她居然賭氣跑掉了！我得做接送主人的工作，沒辦法抱著蛋到處跑。托顧所主人，你可以幫我抱一下蛋嗎？」

「蛋、蛋要怎麼抱啊？我又沒長翅膀！」彌助著急了。

「那簡單啊！用布包起來綁在腰上就可以，請你不要讓它離開身體。我只要得空，就會去把老婆找回來，再來接我家的蛋。」

朱刻說完，拍拍大翅膀，就消失在暗夜裡了。

原來妖怪夫妻也會吵架啊！彌助一邊想，一邊撫摸懷裡的蛋。蛋發出微微的熱度，顯示它是有生命的。

「蛋不會動，應該比較好帶吧！」他心想。

自從梅吉之後，彌助又帶了兩個妖怪的孩子。

其中之一是泥鰍的孩子，一共有數百隻。彌助將他們放進盛水的臉盆裡，結果差點被來家裡閒晃的久藏拿去煮了吃。

其次是酒鬼的孩子，他原來被封印在陶甕裡，因爲彌助不小心解開封印，讓他逃出來嚷著要喝酒，大鬧了一場。

總之，彌助學到的教訓是，妖怪的孩子都很難纏。那麼比起來，蛋應該是很好伺候的吧！

他回到屋裡，一邊點油燈，一邊對著睡鋪喊：「千哥，又有妖怪來托兒了！這回是個蛋喔！」

可是，沒有人回答。

彌助覺得奇怪，就著微弱的燈光，看見睡鋪裡沒人在，只留下一床單薄的棉被。

千哥不在……夜這麼深，他會去哪兒呢？是上廁所嗎？一定是的！他在朱刻來以前去上廁所，應該要進來了吧。

他一邊想著，一邊用手去摸摸棉被，棉被卻是冰冷的。千彌應該去廁所好一陣子了……。

彌助感到不安，匆匆來到屋外，朝廁所方向走去。但是，依然不見人影。

這下，換彌助嚇得臉色慘白了。

「千哥爲什麼不在？到哪兒去了？不行，我得鎮定。他一定是去井邊吧！他大概口渴，去打井水了……」

彌助抱著妖怪的蛋，到處走來走去，卻見不到千彌的影子。

他走得又急又累，終於體力不支，坐在冰冷的地上，喘不過氣來。

千彌不見了！他消失了！爲什麼爲什麼爲什麼？說不定他在哪裡出事了……！就在彌助心慌意亂的當兒，卻發現千彌走了過來，一臉擔心：「彌助，你在這裡做什麼？是夢遊嗎？」

「哇！」彌助像嬰兒般緊緊抓住千彌，眼淚不停的湧出來：「你、你、你去哪兒啦？三更半夜……怎麼就不見啦？」

「抱歉，我只是想呼吸新鮮空氣，去河邊走走罷了。」

「不可以啦！這樣太危險了！」

「不，夜晚人少，像我這樣失明的人反而好走。以後我多少會在晚上出門，你就安心睡覺吧！」千彌一派輕鬆的說，卻教彌助更不安了。

「千哥一定有什麼祕密不讓我知道，他以後還會半夜出門嗎？該不會是……去找什麼女朋友吧？」彌助愈想愈害怕，卻不敢再往下問了。

千彌似乎要安慰彌助，伸手去牽他，卻摸到朱刻的雞蛋：「咦，這是什麼？」

「啊，這是個蛋，妖怪來寄放的。」彌助解釋。

「喔，好大的蛋啊！要是做成煎蛋，可以做特大號。」

「哈哈，跟我想的一樣。」彌助終於恢復心情了。

好了，不要再懷疑千哥了！既然他說是出去散步，那就是吧。倒是眼前托兒的事，不能不做好啊！彌助問千彌：「對了，我們家有護腰帶吧？」

「應該有，就在衣櫃的最底下。你去找找看！」千彌說。

彌助找出又寬又厚的護腰帶，把雞蛋包起來，再圈住自己的腰部固定好。

「唉呀，好難看！」彌助看著自己突起的肚子，覺得很丟臉。現在只有祈禱，希望朱刻趕快找到他老婆，再回來接他們的蛋。

可是，朱刻卻一直都沒回來。在這當中，彌助一步都不敢出門。一方面是不想讓人看見自己的模樣，另一方面又怕在外頭跌跤，或是撞上別人，雞蛋可能被打破。

誰知更糟的是，意想不到的情況發生了。

就在收留雞蛋的第七天早上，彌助忽然驚醒，覺得肚子癢癢的，伸手一抓，卻摸到軟軟的東西。

本來睡眼惺忪的他一看見自己的肚子，馬上嚇得睡意全消：「哇哇哇！這是什麼呀！」

「怎麼啦？彌助。」千彌問。

「千哥，我的肚子……我的肚子長出羽毛啦！」彌助大叫。就在他的肚臍底下，正好是包住雞蛋的地方，長出一堆細細的茶色羽毛。

這下連千彌也頭疼了：「這可真麻煩了！該怎麼辦呢……我們把羽毛拔掉吧？」

「不行啦！不要不要，拔了會痛啊！」彌助又叫。

「看來是不能拔了……」千彌搖頭。

「怎麼辦？這樣下去，我也會變成雞嗎？」彌助很害怕。

「別說傻話，我不會讓你變成雞的。」千彌安慰道。

忽然，千彌的臉色變了：「一定是那個蛋害的……彌助，你去把蛋抱過來，我來把它打碎！」

「啊？不行啦！」

「哪裡不行？誰教妖怪把害保母的孩子寄放這裡？趕快把蛋抱來，我把它打碎，彌助就不會長羽毛了！沒關係，要是被懲罰，我一個人受罰就是了！」千彌非常憤怒。

「哇，不行啦！」彌助把蛋抱進懷裡，拼命護著它。

大概是彌助的哀叫被聽到了，或是千彌的殺氣傳了出去，總之那天晚上，朱刻回來了。

「我是朱刻，開門啊！」

聽到朱刻的聲音，彌助高興的衝出去開門。幸好蛋還安在，因爲彌助和千彌約定，無論如何等到天亮再說。

可是，千彌早已準備好鐵鎚，等不及天亮就要把蛋打破。彌助小心護著蛋，內心七上八下。

總之，蛋被救了一命。既然朱刻回來了，就可以安心啦！

可是大公雞朱刻看起來好狼狽。他的羽毛被拔得亂七八糟，雄偉的雞冠受了傷，左邊眼睛也腫起來。

彌助正想問怎麼了，卻感覺頭頂上有別的目光在看他。

他抬頭一望，頓時說不出話來。

原來長屋的屋頂上，站著一隻比朱刻大差不多五倍的母雞。她全身覆滿黑色的羽毛，身體胖得不得了，眼神卻非常銳利，巨大的雞爪看起來很恐怖。

大母雞動了動，伸長脖子，雞嘴靠近彌助：「我的蛋，在哪兒啊？」

彌助被大母雞可怕的聲音嚇到，結結巴巴的回答：「在、在這裡！」一邊趕緊把蛋捧過去。

大母雞小心翼翼的銜去雞蛋，站在屋頂上，把蛋放在兩隻腳中間仔細端詳，然後滿足的說：「看起來沒問題，好極了！我聽說新的托顧所是人類開的，很不放心，趕緊跑來看看。幸好沒發生什麼事，太好了！」

看見老婆滿意的樣子，朱刻大聲說：「所以說，時津，教妳不用擔心嘛！」

「你給我閉嘴！」時津大母雞喝道。

「哼，我怎麼能閉嘴？要不是妳把蛋丟了自己跑出去，我怎麼會把它交給托顧所？」朱刻頂嘴。

「我叫你閉嘴就閉嘴知道嗎？」大母雞恐怖的聲音，震得長屋都搖晃起來，朱刻和彌助都嚇得瑟瑟發抖。

大母雞黑色的身軀，因爲憤怒膨脹得更大了：「是誰害我跑出去的？誰教你不肯幫我分擔帶小孩的責任？我只是想讓你體會母雞有多麼辛苦，誰知道你就把它帶來托顧所了，眞是丟臉呀！」

「可、可是……我有載主人的工作呀！」大公雞辯駁。

「什麼工作？別以爲我不知道，主人最近都在翡翠洞別墅休養。你得了假，卻溜去浪間山找風騷的母鳥玩樂啊？」

「哦……」朱刻答不出來了。

「自己去遊蕩還怪到主人身上，實在太可惡了！你、你這個混蛋老公！」時津尖聲大叫，衝向朱刻，把他的雞冠咬住拖到屋頂上，不停用嘴戳他。朱刻想要反擊，卻因爲身材比時津小太多，完全不是對手，只有不斷哀嚎。

這時，千彌走到外頭，對著屋頂上的一對冤家，喝道：「這種無聊的夫妻吵架，請你們回家再吵好嗎？先看看這裡，我家彌助的肚子長出這種東西，要怎麼拿掉啊？你們有辦法嗎？」

千彌說完，就把彌助的上衣解開給他們看。

正在狠啄朱刻的時津，低頭瞥了瞥腳下的兩人，一見到彌助肚子上的羽毛，她的眼神忽然變溫和了：「喔，這可不是蛋毛嗎？」

「蛋毛？」千彌不懂。

「孵蛋用的羽毛啦！只要雞蛋和抱它的人氣息相通，抱的人就會長出這種羽毛，對雞蛋有保護作用。這小弟一定很用心照顧我家的蛋，才會長出這種羽毛啊！」母雞說。

被大母雞溫柔的盯著看，彌助臉都紅了：「我、我只是怕它掉下去，很小心抱著就是了！」

「不不，你比我家這個不負責任的老公，可要偉大多了！對了，我應該給你一點回報。」時津說完，就壓住倒在一旁的朱刻，硬從他胸前拔下一撮羽毛。只聽朱刻發出疼痛的慘叫。

「這個給你！」時津把羽毛拋出去，飄飄落下，彌助正好接住。那是兩三根像手臂般長的美麗羽毛，發出深紅色的光澤。

「你只要把羽毛縫進棉被裡，就會很溫暖。」母雞說。

「謝、謝謝！我會試試看。」彌助說。

「還有，你肚子上的羽毛，只要用柚子榨汁塗一塗，馬上就掉了。

謝謝你啦！小弟，有勞了！」

時津準備回家，轉身去啄朱刻的頭，喊道：「喂，起來啦！我要把蛋放進你的袋子。」

「知、知道啦！不要再動粗了！」朱刻求饒。

「只要你不隨口亂編說瞎話，我就會少修理你一點。好啦！快把袋子拿來，我累了，快呀！」母雞大聲道。

雞夫妻把蛋裝進鞍上的袋子，就離開了。他們的身影很快消失在黑夜中，只聽母雞斥責公雞的聲音，還不時從遠處傳來。

5

媒人公和玉雪

「哈哈，朱刻也可憐啊！帶孩子到托顧所，卻被拆穿偷交女朋友的謊話，讓老婆打得鼻青臉腫，眞是沒用的傢伙！」笑得在地上打滾的，是身高一寸半的綠色小妖梅吉。他是自己跑來找彌助玩，聽了彌助說朱刻和時津吵架的事，笑個不停。

「那一對雞夫妻是有名的冤家，朱刻背著老婆到處交女朋友，才會吵個沒完啊！」梅吉又說。

「原來如此！我要是朱刻，討了那樣的老婆，才不敢背叛她呢！那麼孔武有力的老婆，朱刻怎麼會是她的對手呢？」彌助笑說。

「是啊！時津可是連戰連勝喔！」梅吉點頭。

「果然是這樣！」彌助也點頭。

「那麼你得到朱刻的羽毛，是眞的好嗎？」梅吉問。

「是呀！我縫了兩根到棉被裡，變得好溫暖啊！剩一根我想縫進棉袍，這樣天氣再冷也不怕了！」彌助答道。他本來想說，自己其實沒料到會得到這禮物，不過沒說出口。

彌助一直想不通一件事。來長屋托兒的妖怪，都沒有責備彌助。他們誰也沒說：「誰教你把姑獲石打破了。」而只是說：「拜託看好小孩喔！」

「你怎麼啦？」見彌助不說話，梅吉覺得奇怪。

「梅吉，爲什麼妖怪父母都不責怪我呢？他們不是對我打破姑獲石的事，都很生氣嗎？」彌助問。

「他們當然生氣啦！不過彌助既然幫他們看小孩來賠罪，他們也沒話說啦！」梅吉說。

原來如此，彌助恍然大悟。妖怪的個性是很爽快的，因爲這樣，彌助才能減輕罪惡感。如果他們一直都不原諒彌助，他會覺得很難過，也不會想繼續照顧妖怪小孩了。

彌助覺得妖怪有他們的優點，但是又想起一件事，忍不住問梅吉：「問你一下好嗎？月夜王公曾經說，姑獲鳥是妖怪父母的救星，那是爲什麼呢？爲什麼妖怪們都把孩子託給姑獲鳥照顧呢？託給別的妖怪不行嗎？」

「當然不行啊！」梅吉大聲說：「妖怪也有各種討人厭的傢伙，有喜歡爭地盤的，還有好戰的……大家都把孩子交給姑獲鳥阿姊，是因爲阿姊不論對什麼樣的妖怪子女，都非常有愛心。阿姊照顧的孩子，就連食妖魔也不敢侵犯喔！」

「食妖魔是什麼呀？」彌助不懂。

「就是吃妖怪的妖怪啦！」梅吉害怕的說。

彌助聽了也覺得恐怖。吃妖怪的妖怪？他沒想到世界上還有這麼可怕的生物：「太、太可怕了！烏天狗和月夜王公不會去抓他們嗎？」

「沒辦法啦！食妖魔天生就是吃妖怪的，那是他們的生理需要，誰都沒法改變，妖怪奉行所也不能懲罰他們。」梅吉說。

「那麼妖怪奉行所在做什麼呢？他們不在重要關頭保護大家，就沒意義啦！」彌助的聲音激動起來。梅吉趕緊說：「也不是啦！從前有個很可惡的食妖魔，他肚子不餓，卻到處吃妖怪和人類，當作娛樂。月夜王公可不原諒他，一把就抓起來了。」

「哦，那位大所長，還是有力量的！」彌助說。

「月夜王公可是妖怪界的大人物喔！我常被阿媽嚇唬，如果不乖，就會被月夜王公抓去，很可怕喲！」梅吉裝出發抖的樣子，又朝四周看了看：「對了，那位好看的大哥哥到哪兒去了？」

「嗯，他有事出去一下。」彌助只得說。

最近千彌幾乎每天都單獨出門，有時候是白天，有時候是晚上，在彌助睡著以後。

千彌什麼都不說，彌助也不過問。只是到了早上，他經常發現千彌的外衣沾著野草的味道，或是草鞋被夜露弄溼了。

千彌肯定是有什麼祕密，但是彌助又覺得一旦知道了會很可怕。他很想問「你去哪裡了」或是「你去做什麼呢」，卻也只能勉強忍住。

所以，當梅吉得意的說：「哼，說不定是有女朋友，悄悄溜出去約會吧！」彌助忍不住發怒起來：「不、不會有那種事的！」

「怎麼不會呢？那麼好看的帥哥，沒有女朋友才奇怪呢！」梅吉偏不認輸。

「你再說，我就把你趕出去喔！你今天可不是托顧所的客人，我就有權利趕你出去！」彌助大怒。

「不要那麼生氣啦！彌助的臉好可怕喔！」梅吉一副快哭出來的

樣子，彌助忽然後悔。他的臉頰發熱，卻又拉不下臉，只好囁嚅的說：

「你還是回家吧！」

「好啦，這就回去啦！」梅吉一副受傷的表情，垂頭喪氣的走向門口。

彌助一面給梅吉開門，一面安慰他說：「梅吉……下次你來，我做好吃的飯糰請你。我把煮好的海帶切碎拌進米飯，很好吃喔！」

可是，梅吉卻沒有回頭。當他小小的身影消失後，彌助感到非常愧疚。對那樣一個小孩發脾氣，真是不應該。就算千彌有了女朋友，又怎麼樣呢？不，這樣不好啦！可是，萬一是真的，也只好接受了。千彌的身邊如果有別人，自己也得習慣啊！

彌助心想，自己必須學著成熟點。就在這時，忽然聽到有人輕輕敲門。

「咦，是梅吉又來了嗎？」

一開門，卻是一對陌生的男女。

那男人打扮像個行旅商人7，背上背著一個布巾包裹的東西，頭上也包著頭巾。他有一張和善的圓臉，眼睛瞇瞇的像在笑一般。

那女人個子很小，身材跟球一樣圓，穿著橘黃色底紅色小花的和服。她的臉也很圓，皮膚好白，就像個白色大福麻糬。女人的眼睛又大又亮，雙頰鼓鼓的，看起來就很溫柔。她的年紀大約三十幾歲，頭後面掛著一個黑色的兔子面具。

「請問你們是誰啊？」彌助問。

那男人微笑著說：「抱歉這麼晚打擾，我叫十郎，是個媒人公。

今天因爲有點事，想把孩子託寄在這裡。」

十郎說話很和氣，那女人卻不太自在，躲在他身後不發一語。這一對男女看起來很奇妙，不過既然是一起來的，也許是夫妻吧。

十郎又說：「與其站在這裡，不如進屋裡說話好嗎？我帶了好吃的豆沙包來喔！一邊吃一邊告訴你我家的事，可以嗎？」

彌助聽了，就請他們進入屋裡。他對這兩人很好奇，又被豆沙包吸引了。

十郎眞是個有趣的男人，他既會說話，態度又好，但是並不油條。他說的話很容易進入別人心坎，彌助一邊吃豆沙包一邊聽，彷彿跟十郎已經很熟了。

另一方面，那女人只說她叫「玉雪」，就不再開口了。但是，她的眼睛卻一秒也沒離開過彌助，就盯著他一直看，讓彌助都不好意思起來。

爲什麼她這樣看我呢？彌助納悶，卻又覺得好像在哪裡見過玉雪。

總之，彌助決定先聽十郎怎麼說。

「謝謝你，這茶好香，冬天還是喝熱茶好啊！我先說說自己吧，就像剛才自我介紹，我的職業是媒人公，雖然沒有店面，但客人並不少。對了！我可不是撮合一般男女結婚的媒人，而是專爲付喪神[8]服務喔！」

「付喪……神？」彌助睜大了眼。十郎笑著說：「只要是被細心保存的骨董，經過一百年後就會有靈魂附身，稱作付喪神。我的工作就是把倉庫和藏寶庫中被關了很久的付喪神找出來，再尋找跟他們匹配的人類，把他們賣出去，所以我自稱是媒人公。」

「哦，是這樣啊！」彌助很驚奇。

「我做得不錯喲！不單是買的人和賣的人，還有付喪神，三方面都得讓他們高興，才算成功。」十郎又說，他今天有一件重要的生意要做：「瀨戶內海有一艘船，因爲沒有人駕駛而在海上漂流，向海上的漁夫和漁船亂撞。聽說是因爲那艘船的付喪神失去主人很久了，脾氣變得暴躁，才會到處惹禍。我這就要去收服他！」

不過，因爲要出海做生意，十郎不能帶著怕水的付喪神一起去，所以才找上彌助。

「幸好，現在需要照顧的付喪神只有一個。可以拜託你嗎？」十郎問。

「好的，反正我也不能拒絕啊！」彌助點頭。

「感謝，那就拜託了！切子，妳出來呀！」

十郎把他帶來的布巾解開，立刻有一個小東西跳到他手掌上。

那是一個剪娃娃頭的袖珍女孩，她長得很可愛，表情卻很倔強，兩隻手跟剪刀一模一樣。女孩的皮膚是帶黑的銀色，與她身上的藍綠色和服很相配。

「她叫切子，是剪刀的付喪神。要是讓她泡進鹽水，這張可愛的小臉就會變成土紅色，很可憐喔！」

十郎好像很疼愛切子，用指尖輕輕撫摸切子的頭：「切子，妳得好好聽話喔！妳要答應，不能隨便伸手剪別人頭髮喔！我最快明天，最慢三天後再來接妳。」

「你不用擔心我啦！做好自己的差事吧！」切子一副大人口吻的回答，讓十郎笑得十分開心：「那麼我告辭了，就此拜託！」

十郎說完，就起身朝門口走去。可是，玉雪卻沒跟著他站起來。

「等等，等等！你忘了你太太呀！」彌助急忙追出去。

「啊，你是指那個人？我只是在門口碰巧遇上她，不認識啦！」

十郎說完揮揮手，就消失在黑夜中了。

這下彌助可傻眼了！這女人要不是十郎帶來的，那麼她又是誰呢？

他兩手抓住切子，逃到房間角落，害怕的問玉雪：「妳、妳到底是誰？有什麼事？」

「我……只是來幫忙的。」玉雪支支吾吾的說：「我從別的妖怪那裡聽到彌助的事。你雖然是人類，卻得當妖怪的保母，一定很辛苦。我想我大概能幫你一點忙……」

「我是很辛苦……不過也不用幫忙啦！」彌助趕緊拒絕。

「不，我一定幫得上忙……我不是想賴在這裡，只會在晚上過來，可以嗎？」玉雪細聲說，好像要哭出來了。

這時，在彌助掌心的切子忽然小聲說：「喂，你就答應嘛！她看起來也不像壞妖怪啊！既然她免費要幫你忙，你就說好嘛！」

聽到切子的話，彌助終於心軟了：「跟妳說，這件事我不能一個人決定。等我千哥回來，他要是說好，我就讓妳幫忙。」

「太、太感謝了！」玉雪高興得聲音大起來，就在這時，千彌回來了。彌助忍住不問他去哪裡，只把切子來寄託，和玉雪希望來幫忙的事說給他聽。

「幫忙？那好呀！」千彌很爽快的說。

「眞的好嗎？千哥？」彌助沒想到他會一口答應。

「如果她不給彌助添麻煩，我就贊成啊！」千彌又說。

彌助只好轉向玉雪，說：「那麼……就拜託了！」

「謝謝你，請多關照。」玉雪高興的說。

這時，彌助發覺掌心裡的切子好像在咕噥什麼。

「怎麼啦？妳在說什麼？」彌助問。

「我在說那個好看的大哥哥啦！」切子像在發怒，指著千彌說：「我很喜歡他，可是他怎麼沒半根頭髮呀？太可惜，太浪費了！」

「沒有頭髮不行嗎？」彌助覺得奇怪。

「當然不行！沒頭髮我就沒飯吃啦！」

看見彌助疑惑的瞪大眼睛，玉雪小聲的說：「這個小妹妹大概是理髮刀的付喪神，所以才吃頭髮吧。」

原來如此，所以她很難過千彌沒有頭髮。

沒想到切子竟嗚嗚哭了起來：「我肚子餓啦！」

「那、那我的頭髮讓妳吃一點吧！」彌助只好說。

「不要啦！彌助的頭髮都沒上油。我要吃的是好看的男生塗油的頭髮啦！」切子任性的說。

「告訴妳，我們這種貧窮人家，沒有住那種人啦！」彌助回敬她。

「哇哇哇……」切子聽了更加大哭起來。

彌助不知怎麼辦才好，卻聽玉雪溫吞吞的說：「你們有沒有認識好看又愛梳頭的人呢？請那個人來，把他灌醉了，再趁機讓切子吃他的頭髮吧？」

「哦，玉雪姊還挺會出壞主意啊！」彌助驚訝的說。

見彌助猶疑，千彌反而說：「彌助，這也是個好辦法，我們不是正好認識那樣的人嗎？」

「咦？你是說他呀？不過他現在不知道在哪裡？」彌助皺眉。

這時，玉雪又插嘴了：「我最會找人了，要我找他來嗎？」

「妳可以嗎？」彌助不禁對她另眼相看。

「可以的，只要你把那人留下的東西借我一下。」玉雪很有把握。

千彌把那人忘了帶走的手帕拿出來，玉雪接過，就出去了。不一會兒，只見她把久藏背回來了。那麼嬌小的身體竟然輕鬆背著高大的久藏，又不費吹灰之力的把他放下來。果然不愧是妖怪啊！彌助不禁佩服。

另一方面，久藏不知從哪裡被帶來，已經喝得醉眼矇矓了。他頂著紅通通的臉，看見彌助他們，似乎嚇了一跳：「咦？是阿千和小狸助？好奇怪啊！我明明賭博贏了，正在跟大家喝酒慶祝，怎麼忽然就來到這兒了？」

彌助不理他，悄悄問切子：「妳看這人的頭髮如何呢？」

「嗯，看起來挺好吃！人也長得不錯，我想吃吃看。」切子點頭。

「好極了！千哥，你把他灌醉吧！」彌助趕緊說。

「了解。」千彌說：「久藏，我正想喝一杯，你就陪我一下吧！」

「呵呵，挺難得呀！我很樂意相陪！」久藏笑道。

「我們來比賽誰喝得多吧！」千彌又說。

「樂意之至！」久藏大笑。

「玉雪，妳把酒拿出來。彌助，你去準備下酒菜。」千彌指示。

「嘿嘿，這麼周到啊！你們有什麼居心嗎？反正我不怕啦！」久藏笑道。

於是，一夥人就把久藏灌得酩酊大醉，不省人事了。

看見躺在地上呼呼打鼾的久藏，彌助點了點頭：「好了，切子，妳可以開動了。」

「喔，那我就不客氣啦！」切子跑到昏睡的久藏旁邊，將兩隻像剪刀的手伸進久藏的頭髮。喀嚓喀嚓，她一邊剪一邊吃，好像在吃麵線似的，呼嚕呼嚕就把頭髮全吞進肚裡了。

沒一會兒，久藏的頭髮就被剪得所剩無幾了。

彌助覺得又好笑又難過，臉上的表情很複雜：「久藏睡醒之後一定嚇壞了。」

「是呀，看來我們得找藉口敷衍他呢！」千彌說。於是他們倆悄悄商量好一個對策。

第二天早上，久藏很不舒服的睜開眼，這正是典型的宿醉狀態。可是，他覺得好像還有哪裡不同……原來是頭頂！頭上似乎涼颼颼的。

久藏覺得不對勁，一摸頭，臉就綠了！

「哎呀！這、這、這是怎麼回事啊？」

聽到久藏的哀號，千彌和彌助同時現身：「早安啊，久藏。你發現了嗎？」

「千、千、阿千！我、我怎麼沒、沒頭髮呀！」久藏嚇得說話都結巴起來。

「是呀！昨天晚上你說要剃，我就幫你剃光了！」千彌冷靜的回答。

「嗄？」

「你不記得嗎？你說爲什麼千彌沒頭髮卻比我有女人緣，明明是我對女人比較好啊！這一定是留頭髮的關係，所以要我幫你剃乾淨。我受不了你糾纏，只好幫你剃光啦！」千彌又說。

「我、我有說過那樣的話嗎？是有點像我喝醉酒會說的話，可是阿千你怎麼能當眞啊！」久藏抱著光禿禿的頭，跌坐在榻上：「不行啊！我怎麼記性這麼差……我只記得有來這裡，好像還有一個矮矮的女人，穿橘黃色的衣服……看起來挺可愛的阿姊，她是不是掛著一個面具？」

久藏指的是玉雪。醉得那麼厲害，還能記得女人的模樣，眞不愧是花花大少，彌助不禁佩服。

玉雪已經不在這裡，天一亮她就消失了。不過她說晚上還要再來。

另一方面，千彌的臉色依然無動於衷，他回答久藏：「你說什麼呀？我們家怎麼會有那樣的女人啊！」

「是、是嗎？大概是我作夢吧！可是我怎麼記得她還給我倒酒呢？嗚嗚，頭上好涼啊！眞要命，變成大光頭了！」久藏還在唉唉叫。

「這樣倒好啊！你不如就此改邪歸正，回去見你父母。你浪子回頭，他們一定很驚喜喔！」千彌正色道。

「好啦！反正我這樣也不能被女人看見，只能閉門在家，等頭髮留長再出門了！唉……我好像全身無力了！」久藏用手巾把頭包住，垂頭喪氣的離開了。

兩天之後，媒人公十郎回來了。晚上千彌又不在，家裡只有彌助、切子和玉雪三個。

十郎身上泛著海水的味道，對他們述說旅途的遭遇：「唉，這一次眞辛苦哪！那艘船是逆流船，個性又急又躁，就連我都被拋到冰冷的海裡好幾次，老骨頭差點凍僵了。這次沒帶切子去，眞是沒錯！」

「不過，你還是把他馴服了吧？」彌助問。

「當然啦！我一直勸他，一定會幫他找到一個很疼愛他的主人，教他安靜下來休息。我再三懇求，他終於平靜下來。現在那片海已經安全，接下來只要找會操縱逆流船的船長或漁夫就行了。他們一直跟船在一起，應該會愛護船的。」

十郎說他要開始忙了，眼睛笑得瞇成一條縫。他的表情和姿態都跟人類很像，不像妖怪。

彌助忍不住脫口而出：「你笑起來很像人類啊！」

「呵呵，好眼力。沒錯，我本來也是人類。」

彌助愣住了！十郎見他的樣子，笑得更開懷：「我本來是人，後來碰到一些不愉快的事，就逃到妖怪界了。」

「逃走……？要怎麼逃，人類才會變成妖怪呢？」彌助不懂。

「我是在差點死掉的時候，被骨頭森林的長老發現，問我要不要變成妖怪重新活過。我喝了妖花的花蜜，就不再是人類了。但是我並不後悔，因為變成妖怪以後，我遇見很多奇妙的事，也得到很好的工作。我現在比從前活得好太多了！」十郎說。

「為什麼你不喜歡當人呢？」彌助又問。

十郎聽了，表情忽然黯淡下來。他緩緩道：「不要說了，反正也沒什麼好聽的。只是……我覺得當人遇到不幸的時候，是可以逃走的。」

「可以嗎？」

「是呀！很多人說遇到困難時不能逃避，一定要面對現實，我卻覺得奇怪。一樣米養百樣人，同樣的問題有的人能接受，有的人卻忍耐不住，與其痛苦害怕，還不如逃避。逃到天涯海角，找到適合自己的地方，重新努力不就好了嗎？」

語畢，十郎站起來，說：「該告辭了！切子，走吧！多謝照顧。」

十郎把切子裝進背上的行李，走到門口，又回過頭，用認真的表情對彌助說：「彌助，我剛才說可以逃走的那番話，請你記住好嗎？」

「咦？」

「你和妖怪族群打過交道，是不是也發現感覺不錯？他們不會瞧不起你或說你壞話，也沒有態度不好。」十郎說。

彌助不知該如何回答。

「所以說，如果你覺得人間不好待，不如到妖怪界來。當然，你只要將這個念頭放在心中角落，不必勉強。這麼一來，當你覺得很辛苦或心碎的時候，或許能用這個方法救自己。」十郎說完，就揚長而去。

彌助鑽進暖被桌9取暖，玉雪給他端來熱茶。對著這個熱心幫忙的女妖怪，彌助不太好意思的問：「玉雪姊，妳覺得我也變成妖怪好嗎？」

「這個……變妖怪是比較容易過日子，不過對彌助而言，這是不是最好的安排，就難說了……還有，我覺得彌助就是彌助，無論是當人還是當妖怪，都不會改變的。」

彌助被玉雪溫暖的回答逗笑了：「千哥今天好晚，怎麼不早點回來呀！」

「是啊，愈來愈冷了。彌助，你上衣的肩膀破個洞，脫下來讓我補補吧！」

「謝謝喔！」

玉雪愉快的幫彌助補衣服，她雖然是個妖怪，卻很會用針線，還一邊縫一邊唱歌。那是彌助沒聽過的，很溫柔平和的歌。

彌助不知不覺睡著了，睡夢中他好像聽到千彌進門，把他抱進被窩。彌助感到千彌撫摸他的頭，還伴著玉雪溫柔的歌聲。

啊，我好幸福啊！彌助在夢中微笑。

---

7 行旅商人：背著貨物到處遊走販賣的人。

8 付喪神：一種日本的妖怪傳說，又名「九十九神」。相傳器物放置一百年，吸收天地精華或感受到怨念、佛性、靈力後，會得到靈魂並化成妖怪，概念類似「成精」。

9 暖被桌：一種日式矮桌，在桌底下放暖爐，再用棉被蓋住桌面，可以坐進去取暖。

6

愛哭鬼津弓

那天晚上，門又被敲響了。

彌助一邊嘆氣一邊去應門。一打開，卻差點跌坐地上。

「哎呀！」

只見門口站著穿修行僧道袍的巨大烏天狗，那是妖怪奉行所的捕快飛黑。

爲什麼？難道他們又來抓我了？

看見嚇得六神無主的彌助，飛黑開口了：「別怕別怕，今夜是來拜託你的啦！」

「拜、拜託？」

「是呀！津弓少爺，請出來啊！」飛黑喊道。接著，從他身後走出一個六歲左右的小男孩，怯怯的走上前。他的身形圓滾滾，鼓鼓的兩頰很可愛，身上穿著鮮黃色的和服，長頭髮分成兩束，再用棉繩綁起來。他的頭上左右各長一根小角，向外突出，背後還拖著一條細細的白尾巴。

彌助歪著頭，不解的問飛黑：「不像啊……這是你的孩子？」

「不、不是啦！傻瓜，這位可是……」飛黑粗啞的聲音嚇到小男孩，他立刻蹲在地上哇哇大哭。飛黑趕緊賠罪道：「萬分失敬，津弓少爺，我不是在生氣。不要怕喔，沒事，沒事！」

小男孩好不容易抬起頭，用細細的聲音說：「飛黑，我不要待在這裡，我要回家！」

「津弓少爺，請忍耐一下。今晚你舅父大人的宮殿裡沒人在，我們不能不把你送來這妖怪托顧所呀！」

「可、可是……」小男孩還是不願意。

「你舅父大人是這麼交代的。」飛黑勸道。

小男孩吞了口氣，不再說話，大概知道沒法說不要了。

飛黑轉頭對彌助說：「彌助，那麼就這樣，津弓少爺就託給你一個晚上了。」

「他如果那麼委屈，不如去找別的地方呀！」彌助說。

「哎呀哎呀！怎麼連你都說這種話？」飛黑有點無奈。

看著一籌莫展的飛黑，彌助嘆了口氣：「好啦好啦！你叫津弓？快點進來吧！」

「不要！」津弓又搖頭。

「拜託，你不要耍大牌了！我可沒什麼耐心喔！」彌助忍不住說。

「我、我最討厭生氣的人！」津弓喊。

「你說什麼？」彌助也不甘示弱。

「津弓少爺，不要使性子了！彌助你也是！總之你們兩個都進去，進了門要怎麼吵都沒關係啦！」飛黑一把抓起彌助和津弓，往屋子裡丟進去。接著，他就像一陣風般飛走了。

小男孩又開始哭了！彷彿是隻被主人拋棄的小狗。

彌助不禁覺得洩氣，這麼煩人的孩子，要跟他相處一個晚上，真頭疼啊！

但是，這是他不得不接的工作。彌助決定不要理津弓，這種小孩等他自己氣消了，再理他也不遲。

彌助自行走到屋後頭，做他自己的家事。

秋天埋進土裡的銀杏果，今天早上才挖出來。在太陽底下讓風吹半天，黏在銀杏果上的土就吹乾了，接著用棕刷把銀杏果殼刷乾淨，再放進盆子裡，就可以隨時炒來吃。

銀杏果是千彌和彌助喜愛的食物，將硬殼輕輕炒熟再打破，就能看見黃綠色的銀杏果探出頭來。要吃的時候灑上一點鹽，一入口，充滿彈性的口感、栗子般的甜味、還有一絲絲苦味，便同時在嘴裡發散開來。彌助也喜歡做銀杏燉飯，將一大盤銀杏果用酒、少許砂糖和海帶湯汁加入米飯燉煮，味道不輸給栗子飯呢。

今晚千彌出差去做按摩工作，要是他明天早上回來，看見熱呼呼的銀杏燉飯，一定會很高興啊！彌助一邊想像千彌的表情，一邊動手刷洗銀杏果。

「你在……做什麼？」不知什麼時候，小男孩已經走到彌助跟前。他臉上還有些害怕的表情，但是已經不哭了，眼神十分好奇。

「我在刷沾了土的銀杏果。」彌助說。

「這個像種子的東西，就是銀杏？」津弓又問。

「你不知道嗎？這是銀杏的果實。每到秋天，銀杏樹上就會結滿金黃色的果實喔！」彌助答道。

「那個我也知道……是很臭的東西呀！」津弓皺眉說。

「沒錯，把那些掉到地上的果實埋進土裡，臭皮就會腐化不見，再把剩下的果實挖出來，就變成我手裡的銀杏果。很好吃喔，你沒吃過嗎？」彌助耐心的解釋。

「沒有……真的好吃嗎？」

「好吃極了！等我把土刷乾淨，再炒一點給你吃吧！」彌助答道，手上的動作沒有停下。

津弓看著彌助工作，過半晌，忽然說：「我也要幫忙！」

於是，彌助遞給津弓一塊布，教他把去掉土的銀杏擦乾淨。津弓聽了，就接過手開始做。雖然他做得不是挺俐落，但是認真的模樣很可愛。

彌助鬆了口氣，才開始跟他搭話：「我叫彌助，你是叫津弓吧？」

「對，這是我舅舅幫我取的名字。舅舅很偉大，大家都很尊敬他喔！舅舅什麼都會，像是那個、那個……反正啦，世界上我最喜歡的，就是我舅舅啦！他很厲害，又長得很好看喔！」津弓說得興高采烈，但是才說完，忽然就沉默了。

「咦，你怎麼啦？」彌助覺得奇怪。

「沒、沒什麼。喂，還有多少銀杏果要擦呀？」津弓反問。

「還有這一堆呀！」彌助指著身旁好大一山銀杏果。

「那、那做到天亮還做不完哪！對了，讓我來！」津弓說完，立刻比手畫腳，嘴裡念著什麼咒語。

忽然，房間的天井烏雲密布，彌助感到大事不妙了！

「喂、喂，你不要……」彌助還沒說完，只聽津弓喊道：「雨龍，你下來呀！」

隨著津弓呼喊，天井的烏雲發出閃光，接著下起傾盆大雨，屋子馬上就開始淹水了。

「哇哇哇哇……」彌助慘叫。

「彌助，你高興嗎？這樣一口氣就可以把銀杏果洗乾淨呀！」津弓笑著說。

「傻、傻瓜！趕快停下呀！東西都淋溼了！榻榻米會爛掉，我們也會感冒啦！快點停雨！」彌助大叫。

「好啦好啦！我馬上就停啦！」津弓又開始念咒語。可是，雨勢卻更大了，像瀑布一樣傾倒下來。

「你在幹什麼呀！」彌助大喊。

「對、對不起！念錯咒語了！」津弓吐吐舌頭。

「快點念對的啦！我要是在屋頂下被淹死，可就太冤枉了！」

這時，「轟隆」一聲巨響，天井劈下好大一道雷，彌助和津弓嚇得魂飛魄散，拔腿逃進衣櫃裡。把衣櫃門緊緊扣上後，才暫時躲過外頭的大雷雨。

津弓一面發抖一面說：「對不起……眞的對不起！我以爲我會……」

「我知道啦！你也只是想幫忙，我不生氣了！你趕快把停雨的咒語想起來就好啦！」彌助安慰他。

「嗯，嗯，我在想，一定會想出來。」津弓拼命點頭。

這時，只聽外頭傳來「哎呀！」的驚叫聲，接著，雨聲就消失了。

該不會是……？彌助趕緊打開衣櫃。

屋子裡的雨已經停了，天井的黑雲也消失了。只見玉雪站在門口，望著屋內溼淋淋的景象，張著嘴說不出話來。

「玉雪姊！」

「彌助，這是怎麼了？」

「謝謝！是玉雪姊把大雨停住的吧？太感謝了！」彌助高興的奔向玉雪。這時，卻聽到有人哇哇大哭，原來是津弓。

玉雪悄聲對彌助說：「房間由我來收拾，請你去安撫那孩子吧！」

「欸？可是要怎麼安撫他呢？」彌助很煩惱。

「你就聽聽看他說什麼吧！」玉雪說著，輕輕推了彌助一把。彌助只好走向津弓：「喂，你不要哭啦！我不生氣了。」

「嗚嗚、嗚嗚……」津弓還是哭個不停。

「你怎麼這麼傷心啊？是怎麼了？淹水的事我不怪你了，只要用抹布多擦幾次就好啦！」彌助不解。

「不、不是啦！我、我連這麼簡單的咒語都念不好，覺得很難過啦！我是什麼都學不好的孩子，舅舅一定會討厭我的！」津弓邊哭邊說。

彌助不知如何回答。

「老實跟你說，我跟舅舅住在一起，可是他很少見我。就算是廟會也不帶我去玩，現在還把我寄放在托顧所。」

「那是因爲他很忙吧？既然他會把你寄放在托顧所，就表示很疼你啊！」

「不對！舅舅一定是瞧不起我。我跟舅舅長得不一樣，臉是圓的，又只有一條尾巴……」看著沮喪的津弓，彌助不禁覺得同情起來。

「我該怎麼做才能幫他呢？」彌助心想。他走近津弓，悄聲說：「那麼我們來試試看，看你舅舅是不是真討厭你，這樣你就甘願了吧？」

津弓聽了，驚訝得睜大眼睛。

天快亮的時候，烏天狗飛黑來接津弓了。彌助出來應門，卻對飛黑說：「津弓說他不回家了，要一直住在這裡。」

「你、你說什麼？津弓少爺到底在想什麼？」飛黑一急之下，就要闖進屋裡。

「飛黑，你不要進來！」躲在衣櫃裡的津弓大叫：「我請玉雪姊幫我圍了結界，你去告訴舅舅，說我再也不出去了！」

「不行啊！津弓少爺。」飛黑哀求。

「可以啦！反正我不在家，舅舅反而輕鬆呢！」津弓委屈的聲音把飛黑嚇到了，反而不敢再勸。

這時，彌助開口了：「就是這樣，飛黑，我看你最好先回去吧。」

「哼！彌助，你對津弓少爺說了什麼嗎？」飛黑懷疑的質問。

「沒有啊！津弓是真的在煩惱喔！唯一能解決問題的，就是他舅舅。請你去叫他舅舅來吧！」

「彌助，你一定會後悔的！」飛黑恨恨的說完，就飛走了。

不一會兒，飛黑就把津弓的舅舅帶來了。

「哇——！」彌助嚇得差點跌坐在地上。出現在他眼前的，竟然是月夜王公。

彌助作夢也沒想到，津弓的舅舅是月夜王公！他後悔莫及，早知道就絕對不會叫他來了！

月夜王公看起來很火大，表情猙獰，一把揪住彌助的脖子：「把吾的甥兒還來！你是什麼意思？你把津弓怎麼了？不說實話，吾就把你的脖子扭斷！」

「呃……」彌助呻吟。

「你不回答嗎！」月夜王公怒吼。

彌助是想回答，卻因爲脖子被掐著，發不出聲。玉雪見狀，衝上來想救不停掙扎的彌助，卻被月夜王公大手一揮，直接掃到一旁。

躲在衣櫃裡的津弓看不過去，終於跑了出來，喊道：「舅舅，快放開彌助！」

月夜王公一看見他，彷彿氣都消了：「你沒事啊……」

彌助感到月夜王公的力氣稍稍減輕，趕緊用力掙脫，叫道：「我、我可沒有誘拐津弓呀！是他自己說舅舅討厭他，不想回去了！」

「你說什麼？」月夜王公吃驚道。

「我沒騙您呀！津弓一直哭，說他的法力太低，對不起舅舅，不想給舅舅添麻煩，所以不回家了！」

「說什麼傻話……」月夜王公低聲說。

「也就是說，您沒有這樣想？」彌助鼓起勇氣問。

「當然啦！津弓可是吾的寶貝甥兒，吾的亡姊留下的唯一孩子，吾愛護他都來不及了，怎麼會討厭他呀？」

「可是，津弓說您連廟會也不帶他去呀！」

「廟會很危險啊！要是被無聊的人騷擾，害津弓有什麼三長兩短，吾可受不了。」

「那麼，您很少跟他在一起，又是爲什麼呢？」

「吾在妖怪奉行所工作，會沾到許多邪惡的氣息。吾不能把邪氣傳給津弓，所以才故意不靠近他呀！其實吾有多麼想跟津弓在一起，你是一點都不懂啊！」

月夜王公愈說愈氣急敗壞，彌助忍不住壯起膽子瞧他，接著噗哧一聲，笑了出來：「原來，月夜王公也有做不來的事啊！」

「你說話沒禮貌，小心吾把你的骨頭抽出來！」月夜王公怒道。

「不是嗎？反正您沒有不喜歡津弓嘛！」看著這樣的月夜王公，彌助倒是不怕了。

「吾剛才不就說了嗎？」

「津弓，那太好了！」彌助轉頭說。

津弓從剛才就高興得發抖，因爲太感動，臉都變紅了！月夜王公看見他的樣子，似乎不太好意思。

他有點不自在的走近甥兒，問道：「眞的嗎？津弓，你以爲吾不喜歡你嗎？」

「是、是啊！我不知道舅舅的苦惱，對不起喔！」津弓說。

「不、不……是吾讓你誤解了，對不住啊……」月夜王公也說。

這一對舅甥，好像不知接下來該怎麼辦，就這樣僵在原地。

彌助在一旁乾著急，只好對津弓說：「好啦！你知道舅舅不是討厭你，那你想要他怎麼樣，你就說呀！」

「嗯、嗯……」津弓深吸一口氣，抬起頭對月夜王公說：「舅舅，我有一個請求。請您……手伸出來。」

「手？」

「嗯，我想要和舅舅手牽手，一起回去宮殿，可、可以嗎？」

月夜王公低頭看著小小的津弓，眼睛好像有點溼潤：「吾明白了，你就只想要這個嗎？」

「還有……希望您有時候能陪我說話。」

「吾知道了。」月夜王公伸手握住津弓的小手。他們手牽手，不太自然的走向門口。走到一半，月夜王公突然停住腳，對彌助說：「你的養親呢？」

「千哥嗎？千哥今天不在，到客人家去按摩了。」

「是嗎？那就好。」

月夜王公似乎鬆一口氣，教彌助覺得奇怪：「您認識千哥嗎？」

「不認識。你的養親跟吾無關！」月夜王公說完，就把津弓帶出去了。

回宮殿的路上，津弓高興得彷彿升了天。舅舅這麼愛自己，又牽自己的手，簡直太幸福了，像在作夢一樣。這些，都是彌助的功勞啊！

「啊，對了！」津弓忽然說。

「什麼事？」

「忘了給舅舅的禮物。」津弓說完，從懷裡掏出一個小小的袋子。
「舅舅，這個給您。」
「這是什麼？」
「銀杏果，是彌助給我的。彌助負責炒熟，我也有幫忙剝殼喔！」
津弓把袋子裡的銀杏果倒一些出來，放在手上。月夜王公想了一下，拿起一粒放進嘴裡：「好吃！」
「是呀，我也覺得好吃。這銀杏果是彌助和他叫千哥的人，一塊兒撿的。」
「他的養親也會撿銀杏果？」
「是呀，彌助說他們每年都撿一大堆呢！」
「這樣啊……那麼明年，吾也和你一起撿撿看吧？」

「哦，舅舅……」

「你不喜歡嗎？」

怎麼會呢？津弓拼命搖頭：「我希望明年秋天趕快來，趕快趕快來呀！」

「是嗎？你那麼喜歡？」月夜王公不禁微笑。

望著舅舅好看的笑容，津弓想著，他還要去找彌助。他要跟彌助說，他把舅舅逗笑了。

7

小雞公主

對彌助而言，這個冬天過得特別快。他是在秋天快結束的時候，打破了姑獲鳥的石頭，從那之後，每天照顧妖怪小孩就讓他忙得不可開交，一轉眼，新年就到了。

新年過得很熱鬧，妖怪們輪流來向彌助拜年。

梅吉也跟著梅婆來了，剛開始他還噘著嘴賭氣，但是彌助一端出有小魚乾和蒸蛋捲的年菜，梅吉就眉開眼笑起來，彌助總算鬆了一口氣。

新年過了三天，開始上工，彌助的妖怪托顧所又開張了。

才剛開門，貓又一家就來托兒了，讓彌助有點失望。看來姑獲鳥還沒回來，才會有妖怪上門啊。

姑獲鳥的石頭被打破，真的有那麼傷心嗎？聽說妖怪們也在幫姑獲鳥找新居，但是還沒找到合適的。

不過，彌助也不能一直想姑獲鳥的事。如果他老是想東想西，就不能專心照顧妖怪小孩了，何況這些妖怪都很難纏啊！

有一個叫做白濤的妖怪和他兒子，就像發霉的抹布一般，親子身上都布滿灰塵和霉斑，他們回去之後，彌助不得不給整個屋子大掃除。

還有叫做豆球的妖怪三兄弟，只喜歡滿地打滾，一不小心就可能把他們踩扁。

叫做冰柱小弟的妖怪，大冷天也不能用暖爐，差點讓彌助感冒。而叫做姥姥火的妖怪的女兒，差點讓彌助家發生火災。

更別提月夜王公的甥兒津弓，也是個搗蛋精。不久前他又來了，說要表演舅舅教他的把戲，在屋子裡念咒語，結果爆出了一個火球。要不是玉雪及時趕來救火，彌助大概被燒成焦炭了。

日子就在各種驚險事故中一天天度過，很快就到三月開春的時候了。

千彌又被佐和老爺請去按摩，正好那天沒有妖怪托兒，彌助就跟著千彌出差了。

雖然還是春寒料峭的時節，那天卻特別暖和，陽光明亮，風和日麗。

因為天氣太好，他們就閒步慢走，到達佐和老爺的宅第時，已經過正午了。

千彌說：「我今夜大概不回去了，彌助要不要先回家呢？晚上說不定又有妖怪來托兒。你不用擔心我，先回去吧！」

彌助聽了說好，但其實他還想去另一個地方。

這些日子以來，彌助改變很多，連他自己也覺得驚奇。從前無論什麼時候，他都緊緊黏著千彌。如果千彌叫他先回家，他一定要賴不回去，讓千彌爲難。

「千哥，那我先走了！」彌助揮揮手，走出大宅門口，接著繞到屋子後面，進入小森林。

上次來是去年秋天，這次是第二回了。彌助沐浴在樹梢隙縫灑下的金色陽光當中，緩緩前行，終於到達目的地。

眼前的地上躺著被打破的白色石頭，那是姑獲石。因爲被彌助破壞，姑獲鳥已經沒有住在裡面了。

彌助把準備好的飯糰拿出來，擱在石頭前面，合掌頂禮。

「很對不起，姑獲鳥阿姊，打破妳的石頭，是我不對。」彌助在心裡念著。明知姑獲鳥已經不在，但他還是覺得這樣會讓自己心安一點。

當他拜完，正要回去的時候，忽然嚇了一跳。就在前面不遠處，站著一個老人。

那是一個奇異的老人，他有著綠色的皮膚，背上長著很大的黑翅膀。只是不知爲何，他的身體傷痕累累，披在身上的古舊甲冑也裂開了，看起來就像個戰敗逃亡的武士。

「是妖怪嗎？」彌助暗忖。

老人開口了：「你是開妖怪托顧所的嗎？遇見你真是太好了，我大概撐不住了！」

「咦……？」彌助目瞪口呆，老人卻逕自塞給他一個東西：「小雞公主就託付給你了，感謝！」雄渾的聲音剛落，老人就消失不見了。

彌助屏住的氣息這時才鬆了下來，沒想到大白天會碰見妖怪啊！只是不知道他在說什麼，也不知道自己被託付了什麼。

他張開手，仔細端詳手掌上的東西。那是一個蛋，比雞蛋還大兩倍左右，泛著淺紫色的光澤。

「怎麼又是蛋呀？至少先孵出來，再來託我嘛！」彌助一邊抱怨，一邊把蛋塞進胸前，就一路走回家了。

一回到太鼓長屋，彌助便把蛋拿出來。

就在這時，蛋發出劈啪一聲，裂成兩半。

「喂喂，我可沒碰你啊！」彌助一驚，叫了出來，卻見一分爲二的蛋殼裡，滾出一個迷你小孩。

那眞是一個很小很小的孩子，只有彌助的手掌般大。她的皮膚發出金光，

頂著淺黃色的娃娃頭，穿著像羽毛做的灰色和服，繫著粉紅色的腰帶。

彌助一看見這個小孩，忍不住就要笑出聲來。她的身體圓滾滾像津弓，但是嘴巴很大，差不多佔去半張臉。她的眼睛也很大，向外突出，就像隻小雞，不，簡直跟小雞一模一樣。

彌助拼命忍笑，卻見那小孩投過來兇狠的目光，張開大嘴說：「沒禮貌！我可是小雞公主喔！你敢嘲笑女人，大不敬！」她的聲音奇大無比，把彌助嚇得往後一栽，跌在地上。

他手腳並用的爬起來，只見那自稱小雞公主的妖怪小孩，依舊狠狠瞪著他。雖然她看起來像小孩，眼神卻十分兇悍。彌助慌忙道歉：「對、對不起！」

「哼！」小雞公主的表情一點都不可愛。她環視屋子一圈，然後嘴一撇，說：「這房子好破呀！空氣也不好。小鬼，你趕快去幫我叫東風丸來，快呀！」

「東風丸？妳是說那個長鬍子的老公公？有黑翅膀那一位？」

「是呀！他是我的保鑣。他敢把我放在這麼破爛的地方，太大膽了！我要好好罵他一下，你快去叫呀！」

「沒辦法啦！那個老公公把蛋塞給我，自己就不見了！」彌助把老人交給他蛋的情景，盡量詳細的描述了一遍。

小雞公主聽完，面露不安的說：「是這樣啊，東風丸被敵人追得那麼慘……沒想到我會被寄給托顧所，還是人類的小鬼開的。啊——我要是多點力氣，就能保護大家了！太難過了，太傷心了！嗚嗚嗚……」

小雞公主開始高聲哭泣，她的哭聲太驚人了，簡直要把人的耳膜震破。彌助摀住耳朵大喊：「喂，喂！拜託妳停止啊！不要哭了！」可是，不管他怎麼哀求，小雞公主還是哭個不停。

彌助踉踉蹌蹌的跑進廚房，想找點什麼來哄小雞公主。終於，他發現昨晚煮的豆子。或許這麼甜的東西，小雞公主會喜歡。彌助跑到她身邊，把一顆豆子丟進她嘴裡。

忽然，哭聲停了。小雞公主的臉上還掛著眼淚，嘴巴卻開始嚼，再一口吞下豆子。吃完一顆，她轉向彌助說：「再來一點！」

「是、是。」彌助趕緊餵她。吃完了，她又說：「再來一點，再來一點！」

於是，只要小雞公主張開口，彌助就塞一顆豆子進她嘴裡。不一會兒，一小碗豆子就吃光了。

小雞公主大概是吃飽了，毫不客氣的對彌助說：「去幫我準備睡鋪！」

彌助找來一個大碗，在裡頭鋪上軟軟的布，做了一個像鳥巢的窩。小雞公主馬上鑽進去，蜷起身體，不一會兒就睡著了。

「唉！被託了一個可怕的妖怪小孩。老公公得趕快來接她呀！可是，他又沒說什麼時候才來接，這下可麻煩了……」彌助抱著頭，不知如何是好。

8

久藏與千彌話從前

按摩完畢，佐和老爺爲千彌雇了一部轎子：「讓我出錢送你回去吧！你幫我推拿得好舒服，今天可好過了！」

千彌感激的坐上轎子，囑咐轎夫在太鼓長屋附近的蜻蜓酒店讓他下來，他想在這裡買點現成的菜回去。

蜻蜓酒店是一個中年老闆自己開的小店，賣的酒和飯菜都很好吃。

千彌下了轎子，掀開店門口的布簾，一股酒和湯汁的香味就撲鼻

而來。聞那味道，今天的菜好像是煮芋頭。

忽然，一個熟悉的聲音傳來：「咦，阿千？」

聽到久藏的聲音，千彌忍不住微微一笑：「是久藏嗎？好久不見！你可以出門，想來是頭髮留長了吧？」

「很不幸，還沒有呀！我本想梳個髻，誰知還不足兩寸哪！」久藏苦笑說。

「看樣子你還挺樂觀嘛！我以爲你頭髮沒留長之前，一定不敢出門，正關在家裡無精打采呢！」千彌調侃他。

「別說傻話了！我再不出門，身體就要發霉了。再說好看的男人無論怎麼樣都好看嘛！」久藏得意洋洋的模樣，惹得老闆和其他客人都笑了。

「阿千是下工要回家嗎？沒跟那小狸貓一起可真難得啊！」久藏問。

「他一個人先回家了。所以，我想買點東西回去加菜。」千彌答。

「哦，如果沒跟他一起，那麼陪我喝兩杯吧！全部我請客啦！」

久藏馬上說。

「你今天好像很有錢哪？」千彌有些猶豫。

「是呀，還得感謝我這顆頭呢！先坐下、先坐下，我再告訴你。老闆，再來兩杯酒和下酒菜。」久藏拉千彌坐下來。

點了酒菜，久藏落坐千彌對面，開口說：「那天我頂著光頭回家，老父老母看了嚇一大跳，從那時起就對我很好。看來理光頭也不錯呀！現在父母常鼓勵我出來走走，還給我不少零用錢呢！」

「房東大人也是寵孩子的傻父母啊！」千彌搖頭。

「抱歉，我可不想讓我父母被阿千批評哪！比起你寵彌助的程度，我們家還算小意思。」久藏回嘴。

是這樣嗎？千彌歪著頭想。這時，酒菜端上來了。配酒的小菜是醋醃的章魚，和冷酒搭配得正好。

久藏和千彌呷著酒，忽然正色道：「現在可以跟阿千這麼一塊兒喝酒，五年前都無法想像呢……阿千眞是變了！」

「我變了嗎？」

「不要裝糊塗了！你自己也知道。」

「啊……那時候，是很冷的天啊！」千彌回憶。

「是呀！那時候就快下雪了。」久藏也說。

兩人一邊喝酒，心中都回到五年前那個寒冷的冬天。

那年久藏十八歲，雖然才十八，卻已經是個花花大少，喝酒、泡女人、賭博樣樣來，每天玩得不亦樂乎。

那一天，他從家裡偷偷溜出去賭博。

賭贏了一兩錢左右，久藏就離開賭場走到外頭，那時天色已晚，行人稀少。快要降雪前的空氣冰寒刺骨，久藏不禁打了個冷顫。

忽然，他聽到有人怒吼：「你在看哪兒走路啊？小鬼！」

大概是有人在吵架，久藏循聲過去。

不一會兒，他就看見了糾紛的事主。

怒吼的是個高大的浪人[10]，一張兇惡的臉像天狗面具那般紅。只不過他臉紅不是因爲罵人，而是喝醉了。

在那男人面前的是一個剃著光頭的青年和一個小男孩。

久藏嚇了一跳，雖然他不認識那浪人，卻知道另外兩個人。他們是幾個月前搬進太鼓長屋的房客。

前些天，久藏經過太鼓長屋的時候就見過那兩人，不禁生出好奇心，便向附近有名的包打聽阿菊，探問那兩人的來歷。

原來青年是做按摩的，名叫千彌，他帶的小孩叫彌助，彌助才七歲，幾乎不跟別人說話。阿菊知道的也只有這些，令久藏覺得奇怪。

盲眼的年輕男子帶著一個小男孩，孤苦伶仃度日，一定有許多困難的地方。尤其那青年長相俊秀，平常要是這樣，附近的太太們一定搶著伸出援手，還兼探聽他們的隱私。

「放著這麼好看的青年不管，不像阿菊的作風呀！」久藏笑她。

「千彌很可怕喲！」阿菊無奈的說。

「他說話沒意思，聲音也很冷淡。雖然有一張俊臉，卻沒有表情。而那小孩只會躲在千彌後頭，也不像一般小孩天眞。」

那麼，可能是在哪裡被人欺負，有難言之隱，爲了隱藏心中傷痛，臉上才不帶表情吧！久藏這麼解釋，阿菊卻搖頭說：「可是，當他們只有兩人相處的時候，卻不是這樣呀！千彌對那孩子好甜，那孩子也對千彌撒嬌。又不是父子，怎麼會那麼相親相愛啊？」

「他們不是父子嗎？」

「絕對不是啦！要不要賭一兩錢？呵呵，我其實連一兩錢都沒有啦！」阿菊吐吐舌頭說：「總之，千彌很奇怪。他雖然疼孩子，卻不會照顧他。我看過他給孩子吃臭掉的醃菜和發霉的饅頭，還有人看見他給孩子喝酒呢！」

久藏不禁睜大了眼：「他眞的疼小孩嗎？」

「他大概不知道那些對身體不好……看彌助老是青黃著臉，雖然七歲了，身材卻很小，好像隨時會倒下去，我都替他擔心哪！」阿菊接話。

「那可不行啊！」久藏說。養小孩卻一年到頭讓他挨餓，那可不是開玩笑的。不過，眼見千彌有難卻袖手旁觀，不是更不像阿菊的爲人嗎？

看見久藏責備的眼神，阿菊苦笑說：「我可沒裝作看不見，我也很想幫他們呀！可是當我要分東西給他們吃，他們卻把門關緊緊，不讓我進去，我可就沒轍啦！千彌的按摩生意大概也不好，那種態度怎麼會有客人呢？」

久藏想起阿菊的話，又看著眼前的千彌。

千彌一邊護著小孩，身體直直面向前方。他的表情沒有任何恐懼，雪白清冷的臉上神情非常端正。

久藏尋思著要怎麼辦，只聽那浪人仍在大聲叫嚷，他也就依稀知道原委了。

原來只是小孩不小心撞到浪人，就爲了這丁點事，浪人不原諒他，堅持要小孩道歉。

千彌平靜的開口：「我已經跟你說過，這孩子沒法在別人面前說話。我代替他向你道歉，這樣還不行嗎？你想要錢嗎？那你老實說，我可以給你一點。」

由於千彌的口氣聽起來好像瞧不起人，那浪人臉色一變，伸手握住配在腰間的武士刀柄。

這可不妙！久藏的臉也青了。他向千彌大喊：「快逃呀！」下一秒，卻愣在當地。

只見千彌的臉色依舊不變，只是站在那裡護著小孩。他水仙般的立姿充滿靈性，有一種凜然正氣。

久藏只覺再不出手就來不及了，於是一個箭步衝向前，往那個浪人用力一撞！

那浪人本來就喝醉了，一下子就被撞翻，直直掉進一旁河裡。因爲太簡單就得手了，久藏自己也嚇一大跳。

不過這條河很淺，浪人應該不會溺斃。總之，久藏成功了！

浪人啪啦啪啦的在水裡掙扎，久藏趕緊抓住千彌的手：「往這邊！」就要拖著他跑。

但是，千彌卻動也不動，反而把久藏拉了回來。他的力氣比想像中大。

「你是誰？」千彌問。

「是誰都好啦！我正在救你呀！」久藏喊道。

千彌還是不肯動。

「這樣下去，你的小孩也會有危險喔！」久藏氣急敗壞。

千彌依然面無表情，但手上力氣稍稍鬆了，就這麼讓久藏抓著。

久藏拔腿就跑，三個人手牽手，往旁邊小路狂奔進去。

一直到安全的地方，久藏才停住腳：「到這裡就沒事了！」

「你究竟是誰？」千彌又問。

「我是你住的長屋房東的兒子，我叫久藏。」

「原來如此。」千彌點點頭，就開始撫摸氣喘吁吁的孩子的頭，沒再理會久藏。

久藏不禁感到失望。他覺得千彌築了一道牆，就像阿菊說的，誰也不能和他打交道。但是，自己也是冒生命危險救他們的，怎麼能退縮呢？

他暗下決心，故作輕鬆的問：「這麼晚了，你在那種地方幹啥呀？還帶著小孩。」

「我以爲那邊的酒店還在營業……」千彌說。

「你想去酒店？」久藏不解，卻聽到令人意外的回答。原來他想買酒給孩子喝，因爲孩子太冷睡不著。

「喝完酒身體就暖和了，孩子就可以睡好覺。」千彌說。

久藏大聲嘆氣，抱著頭，不知該如何解釋。這個叫千彌的青年，未免太沒常識了！他是在什麼環境長大的呢？竟然要給孩子喝酒暖身體。

久藏見眼前的孩子臉色蒼白，顯然營養不良，他嘖了一聲，決定今後不能放生這兩人，便說：「這孩子需要的不是酒，是熱飯啦！我看你們……就跟我來吧！」

他帶著兩人到熟識的酒店，店已關門，樓上的住家也已熄燈，他卻還是不客氣的用力敲門。

不久，店門開了，門後出現一張奇妙的臉。他的一雙大眼分得很開，臉型是倒三角形，下巴很尖，活像一隻蜻蜓。

蜻蜓老闆睜大眼睛瞪著久藏，沒好氣的說：「你沒看見打烊了嗎？」

「老闆，拜託啦！讓我們吃點東西嘛！」久藏陪笑說。

「開玩笑！你不是前天才來過嗎？」

「別這麼說嘛！我們可是被壞人追，好不容易才逃到這裡，而且還帶了小孩欸！」

「壞人？你說什麼？」老闆有些驚訝。

本來臉色不好的老闆，聽到久藏把醉漢推到河裡，不禁失笑：

「哦，你居然敢手無寸鐵向帶刀的浪人挑戰？久藏，你雖然是個討厭的傢伙，卻還挺有膽啊！」

因爲對久藏另眼相看，老闆就讓他們進門，快手快腳將剩餘的飯菜煮成粥。接著，又將紫蘇葉切碎包飯糰，再配上芋頭和蒟蒻烤味噌，還有醃菜和厚厚的煎蛋捲，最後還端上溫酒。

「那麼你們自己吃吧，待到天亮也沒關係啦。」老闆說完，逕自上樓去睡覺了。

三個人開始大快朵頤。加了許多蔥的粥是暖和身體的最佳補品，芋頭烤味噌也是甜香四溢，而溫酒則是把五臟六腑都滋潤了。

「啊，太好吃了！你看，這裡的飯菜是不是很棒？」久藏快活的說。那小孩卻頭也沒抬，只是拼命扒著粥，臉上的氣色也不同了。

久藏忽然覺得小孩很可憐。但是，這個叫千彌的青年又是誰呢？

他們兩個不像親人，為什麼住一起呢？千彌好像一點都不懂得照顧孩子，究竟是受誰託付，才收留這孩子呢？久藏內心的疑問不斷增加。

忽然，千彌靠近小孩，在他耳邊小聲說了些什麼，那微笑的神情令久藏陶醉了。

那是一種無以言喻的溫柔微笑，令人恍惚覺得千彌身邊似乎綻放出閃耀的花朵，芬芳的香氣滿溢四周。

只是下一刻，千彌感覺到久藏的目光，就轉了過來，溫柔的神情也乍然消失，又變回冷淡的樣子。

剛才那個菩薩般的微笑，難道是自己的幻覺嗎？久藏忍不住問千彌：「那個浪人糾纏你們，要不是我出手相救，你打算怎麼辦呢？」

「沒什麼，那個人有你對付他，還算好運……要是惹了我，大概不會是掉到河裡就結束的。」千彌回答得理所當然。

久藏忽然覺得害怕，他不知道千彌會幹什麼，但是他確信即使自己不出現，千彌也會把浪人打倒的。這個俊秀的青年不知隱藏著什麼驚人的力量，但是，他對孩子的愛心確實是真的。

就在久藏胡思亂想的時候，孩子吃飽了。吃飽就想睡覺，是小孩子的習性。

「後面有榻榻米，你去躺著吧！」久藏說。千彌點頭，就讓孩子在窄窄的榻榻米上躺下來。

只是，當他一安頓好孩子，就走了回來。久藏看著直搖頭：「不行啊，你這樣會讓他感冒。」說著便脫下自己的棉外套，蓋在孩子身上。

千彌無言的點點頭，好像在思考久藏的意思，學習如何照顧小孩。

久藏心想，這也許是個好機會。

千彌看起來是很關心孩子，卻不知道如何關心。孩子冷的時候得給他吃熱食，幫他添衣服，千彌好像連這個都不懂。

也許因爲喝多了酒，久藏愛管閒事的本性又復發了，他對千彌正色道：「這麼說雖然失禮，但是你眞的不會照顧小孩。你連自己哪裡做不好都不知道。這樣下去，你是帶不大那孩子的……你懂我的意思嗎？」

「我懂。但是該怎麼做才好，都沒有人教我。」千彌說。

「是呀！就是這樣。人類的天性就是當他人有困難的時候，會想伸手幫忙，可是你卻不給別人機會。你看起來就是把大家拒絕在外，這樣下去，誰也不會幫你呀！」久藏愈說愈激動。

「你是說，我得製造機會給別人？裝作跟大家都很親近的樣子？」千彌問。

「是呀！你唯一欠缺的就是人緣。如果你不是這樣，大家自然會幫你的忙。在這條街上，只要你收攬鄰居太太的心，她們每天連飯菜都會幫你做，那麼你家小孩的身體也會變好。」久藏強調。

說到小孩的事，千彌的臉色變柔和了，看起來是有想要改變：「可是，該怎麼做呢？」

「不用想得那麼困難啦！你只要當作在演戲嘛，先從擺個笑臉開始，來，把我當作那孩子怎麼樣？」

「可是你不是彌助。」

「我知道啦！只是要你想像一下啦！」久藏幾乎要發怒了。這時，只見千彌閉著眼集中精神。接著，他的臉上開始浮現微笑。

「啊……」久藏的心臟快停止了。

太美了！不，說太美也不足以形容。就像在黑暗中忽然看見發光的花朵，千彌的微笑，就是那麼的燦爛。

久藏壓住自己胸口，好不容易才說出話來：「眞是對心臟不好的笑容哪……不過，這樣誰都不是你的對手啦！」

「這樣就可以嗎？」千彌問。

「嗯，可以可以，就算不到這個程度也可以啦！還有就是，態度要謙恭一點，說話得和氣一點。」

「嗯，這可眞是得演戲了。不過……大概有試一試的價值吧？謝謝你教我，久藏。」千彌說完，輕輕向久藏低下頭。

兩人對酌之間，千彌忽然正色道：「說起來眞要感謝久藏，教我跟人交往的方法。自從那之後，一切都不一樣了。」

事實上，千彌照著久藏教他的方法做，旁人的態度就變了。只要他表現出困擾的樣子，周圍的人就會伸出援手。只要他微笑道謝，討別人歡心，就會得到更多幫助。彌助自從吃了營養的食物，肚子痛或發燒的情況也減少許多。千彌這才恍然大悟，原來對人的態度是這麼重要。

「不過，我只要對別人態度好一點，彌助就不太高興哪！」千彌說。

「就因爲這樣，他到現在還討厭我呢！他一個人占有你，還叫我不要教你太多，眞是小氣啊！」久藏不服氣的說。

「總之我眞的感謝你，讓我養育彌助輕鬆多了！」

看著微笑的千彌，久藏不禁想，就那樣一個小孩，爲什麼阿千這麼疼他呢？

千彌每次要做什麼，都是爲了彌助。換句話說，要不是彌助碰到什麼問題，千彌就不管事。對千彌而言，彌助就是這麼特別的存在。

久藏一邊爲千彌斟酒，一邊問：「阿千，你以前稍微提過，彌助是你撿來的。撿到以後，爲什麼沒有託給別人呢？爲什麼你會想自己照顧那麼小的孩子呢？願不願意告訴我啊？」

「爲什麼……因爲我喜歡他呀！」

「就這麼簡單？」

「是啊，就是這樣。」

千彌不知想起什麼，嘴角浮起奇妙的微笑。他的微笑看起來有點可怕，好像缺乏人的味道。

久藏有點畏縮，千彌卻繼續說：「當年我發現彌助的時候，是在深山裡。那時候正是初春晚上，山裡頭沒半個人，我卻遇上了他。」

「爲什麼阿千會在那時候去那種地方，可以問嗎？」

「這說來話就太長了。」千彌巧妙的避過，繼續道：「那時候我眞是心裡空虛，沒有人站在我這邊，我跟誰都無法對等相處……只有一個人，我以爲他會是我朋友……結果還是不行。」

「那人怎麼了？死了嗎？」

「哪裡，還活得好好的，他是那種殺也殺不死的人啊！我只是說，他沒法當我的朋友。不如說，他很恨我……我當時眞是傷心，不知道自己究竟爲什麼活著。」千彌說，也就是在那時候，他遇見了這孩子：「他大約才四、五歲，穿著破爛的衣服，忽然從山間暗處冒出來，看起來非常害怕，緊緊抓住我不放……那對我而言是很新鮮的經驗，所以我就把他放在身邊。」

「眞是奇特的理由啊！你難道沒想過找他父母嗎？」久藏又問。

「從來沒有。」千彌斬釘截鐵的說：「該怎麼說呢？是我對那孩子有了興趣，覺得說不定他還挺有意思，就把他放在身邊。既然收留了，也就要把他留到我厭倦的那一天，那時我是這麼想的。」

「怎麼這樣啊？你是把他當成撿來的棄貓嗎？」久藏不禁抗議。

「差不多，那時候我就是這麼想。」千彌的嘴角又浮起冰冷的微笑，但是隨即又溫和起來：「總之，我只是順著自己的意撿了那孩子。可是那孩子卻緊緊跟著我，一點都不肯分開。我對他冷淡，他還是拼了命跟上來。我本來不明白爲什麼，後來才知道，他……那孩子好像很喜歡我。」千彌有點不好意思的說。

久藏打斷他：「當然啦！他當然喜歡你啦！」

「可是……那時候我並不知道呀！我也沒做任何討他歡心的事，我以為根本沒人會喜歡我。」

「沒人喜歡你……？阿千你這麼說，可是在開玩笑？」

「我是說真的呀！還有……那孩子不只是喜歡我。」千彌又說。

只要彌助發現美麗的花，就會拿給千彌看。無論彌助自己感受到什麼，都會與千彌分享。當千彌懂得他這份心以後，他對彌助的感情就變了：「那孩子傳遞給我的任何驚訝或喜悅的感情，都令我感到溫暖……怎麼說呢，就是心裡的空虛被填滿了。從那時候開始，彌助就變成我最重要的人了。我之所以變成現在的我，都得感謝彌助。他對我而言，就是這麼特別的存在。」

「哇——那隻小狸貓可真令人羨慕哪！讓阿千這麼疼愛他。」

「對了，久藏對我也很特別喔！」千彌又說。

「你只是順便說的吧？一點都沒有感激的樣子啊！」久藏不服氣道。

「咦，你不信嗎？」

「到底是不是……是隨便說說的吧？」

「你說呢？」千彌故意賣關子，對久藏舉起了酒杯。

10 浪人：江戶時代的流浪武士。

9

黑影悄然來臨，記憶漸漸甦醒

彌助在門口來回踱步，不時探頭出去，向小路盡頭張望。太陽已經西下，外頭天都黑了。可是，依然盼不到千彌回來。

結果，反而是玉雪比千彌先進門了。彌助馬上向她說小雞公主的事：「她說話好大牌，看起來是一隻小雞，聲音卻比魔蛙還恐怖。那個叫東風丸的老公公，好像是她的僕人。妳聽說過這妖怪嗎？」

「可惜我沒聽過呀！妖怪界也有自成一夥，不跟其他族群來往的族類。」玉雪說。

彌助聽了很失望，這時，耳邊又響起那恐怖的聲音：「誰叫我小雞啊？大不敬！」

「哇！那是……小雞公主？」

「真是不懂禮貌的小鬼，我當然是公主啦！」

小雞公主從睡覺的大碗裡爬起來，大搖大擺的走向他們。只不過，她的外表竟然完全變了個樣。雖然還是一張小雞的臉，身體卻大了兩倍，看起來有七歲左右，頭髮也留長了。最大的不同是她身上穿的和服，灰色底配上淺淺的紅色和橙色花紋。彌助忽然明白，這花紋就是小雞公主將來會長出的羽毛。

這時，只見玉雪走上前，恭恭敬敬的向她行禮：「我叫做玉雪，請問您可以跟我們說一說您的來歷嗎？」

「嘿，你跟那小鬼不一樣，還挺有禮貌。好吧，我就告訴你們。小鬼，你也洗耳恭聽吧！」

「我不是小鬼，我叫彌助！」彌助生氣的抗議，但是小雞公主不理他，逕自開始說：「我只能告訴你們，我們是隸屬於妖鳥一族，只要吃了我們的肉，就可以長生不老，所以我們經常被妖魔攻擊，只好躲在很深的靈山過日子。我們一族的女王年紀已經很大，直到最後，她犧牲自己生了一個蛋。而從那個蛋裡生出來的我，就是將來的女王。」

可是，小雞公主面臨一個很大的挑戰。她必須離開安全隱密的家園，到遙遠的飛天山上的火口湖，然後在那裡用火口湖的靈水洗淨身體，才會長大成人。

於是，小雞公主就帶著一大群護衛，朝火口湖前進。一路上都沒出事，她也順利用湛藍的湖水洗淨了身體。但是就在回程途中，他們遭到了攻擊。

「我的護衛一個接一個倒了下去，東風丸只好把我再裝進蛋殼，想帶我逃到友邦天人鳥住的地方。但是，東風丸也負了傷，只好把我交給妖怪托顧所……東風丸大概是要自己去引誘敵人，犧牲性命來救我……」

小雞公主強忍眼淚，語氣嚴肅起來：「目前也沒有別的辦法，我只好待在這裡等羽毛長齊。羽毛長齊以後，我的法力便會完全覺醒，什麼妖魔鬼怪靠近都不怕，到時候就可以回去我住的靈山了。」

「那、那妳要待多久啊？」

「大概三天吧。」

「啊？還有三天？」彌助一想到還得伺候這麼大牌的妖怪小孩三天，不禁像洩了氣的皮球般沮喪。

這時，只見玉雪神色不安的問小雞公主：「公主，請問攻擊您的敵人是誰啊？」

「不知道，看不見。那是躲在黑暗當中的妖魔，但是會發出腐臭的腥味，就像臭掉的泥巴混著血的味道。」

玉雪聽了，忽然臉色大變，身體發抖：「啊啊……太可怕了！」

她呻吟一聲，忽然開始做起奇妙的舉動。先是在門口一邊灑水，一邊念聽不懂的咒語，接著再撫摸每一根柱子，對著柱子喃喃說些什麼。

「怎、怎麼啦？妳在幹什麼？」小雞公主問她。

「這、這裡……冥波巳說不定要來這裡了！」玉雪害怕的說。

「冥波、巳？那是什麼呀？」

「是食妖魔。就像鹿吃草或鳥吃蟲，冥波巳是專吃妖怪的。有時候他也吃野獸或人類，只要是有生命的東西，都是冥波巳的獵物。」

玉雪的聲音顫抖：「冥波巳非常貪婪，也非常難纏。只要是他看上眼的獵物，就一定要追到底把對方吃掉。五年前，聽說月夜王公已經把冥波巳關起來了……那他一定是逃跑出來了！這一回，他是看上小雞公主啊！」

彌助感到自己的身體愈來愈寒，恐懼令他冒出一身冷汗：「那、那我們能怎麼辦呀？」

「我剛剛在這屋子門口念了防禦的咒語。可是，不知道對付冥波巳那樣的妖魔，能撐到什麼時候……啊，我實在沒把握呀！」玉雪愁眉苦臉。

「那、那我們一起逃出去！就這麼辦！」彌助慌張的說。

「不行啊！彌助，現在是晚上，我們要是走出家門，就像是在招呼冥波巳來攻擊啊！」

「是呀！小鬼，你的想法太天真了！」小雞公主說。

「那你教我怎麼辦呀？」彌助生起氣來。

小雞公主卻只是冷靜的看著他：「我有一個好辦法。要是冥波巳追到這裡，我一個人出去就好了。他只是想要吃我，如果我讓他吃了，他就會滿意的離開了！」

彌助不敢相信的看著小雞公主，玉雪的表情也僵住了。只有小雞公主依舊泰然自若。

「那、那怎麼行啊！你胡說什麼？」彌助喊道。

「囉嗦！你沒資格命令我，小鬼！」小雞公主回嘴，神色隨即又恢復平靜：「沒辦法呀！大不了一死，但我不能讓無辜的人一起送死，那會丟我們妖鳥族的臉。」

「可、可是……」

「這裡是我做主的，你們兩個沒資格出意見！」小雞公主喝道，她似乎下定了決心。

但是，彌助可沒那麼容易答應。相反的，他看著小雞公主稚幼的臉，滿腔怒氣直往上湧。

其實有一瞬間，彌助是眞覺得把小雞公主送出去不失爲一個好方法。但是，他不能原諒自己的念頭，他也不能原諒說這種話的小雞公主。

忽然，彌助跑了過去，一把抓起小雞公主，丟進一個空鍋子裡，然後立刻蓋上鍋蓋，再在上面壓一個醃菜用的大石頭。

「你幹什麼？大不敬的小鬼！你給我打開啊！」小雞公主在鍋裡大吼大叫。

「不要吵！這裡可是我開的妖怪托顧所，難道妖魔來了，就拱手把我照顧的小孩獻給他嗎？你只是被託的小孩，給我安分一點！」彌助罵完，轉頭對玉雪說：「玉雪姊，請妳趕快去妖怪奉行所帶幫手來。這裡要是被妖魔襲擊，妖怪托顧所就做不下去了！只要妳這麼說，就算是那月夜王公，也不得不來救我們吧！啊，等一下！妳還是先去找津弓吧！」

「原、原來如此。如果是津弓的要求，月夜王公一定會聽從的。」

玉雪點頭。

「就是這樣。請妳拜託津弓，去向月夜王公報告吧！」彌助催她。

「我懂了！那麼我快去快回，一定會帶回幫手的。」玉雪說。

「好，我等妳。」彌助說。

玉雪跑向門口，又回頭叮囑：「絕對不要出去外面喔！還有，無論是誰在呼叫，也絕對不能讓他進來。只要你守住這點，應該不會有事的……我馬上就回來！」玉雪說完，就飛奔出去了。

彌助立刻鎖上門，跑回屋子裡，跌坐在地上。

終於只剩一個人了！在玉雪回來以前，自己撐得過去嗎？啊……太可怕了！彌助的心中充滿恐懼，感覺想吐，呼吸也急迫起來。

就在這時，一陣大聲咒罵令他回過神來。

「喂，小鬼！你在想什麼？竟敢把我關進這麼小的鍋子！你給我記住，我要把你扔進全世界最黑暗的洞窟裡，你有聽到嗎？小鬼，你說話呀！」聽到小雞公主的聲音，彌助忽然生出一股力量。

對了，他不是自己一個人，他還有小雞公主要照顧。這個他必須好好保護的孩子，就在身旁啊！所以，他一定得堅強起來。

彌助起身走向鍋子，對小雞公主說：「別白費力氣了，不管妳再怎麼叫，我也不會讓妳出來的！」

「笨蛋！傻瓜！臭小孩！」小雞公主還在叫。

「妳說話好沒教養，真的是公主嗎？」

「你憑什麼保護我？你不愛惜自己的命嗎？」

「當然愛惜啦！我都快怕死了！可是，我是開托顧所的……」

「那麼，你只是因爲不得已嗎？」

彌助被說到痛處，不知該如何回答。半晌，他才說：「沒錯……東風丸老公公把妳交給我，是因爲信賴我吧？那麼我就不能丟下妳不管。只要有人托兒，我就得照顧到最後。」

就在這時候，霎那間，一陣天搖地動。

彌助以爲是地震，可是震動馬上就停止了。接著，四周出現一種奇異的感覺。這個家彷彿被某種巨大的生物包圍，彌助感到全身像有蟲在爬，空氣中充滿恐怖的氣氛。來了！妖魔來了！

忽然，外頭有人叫道：「孩子，我是娘啊！快開門哪，智太郎！」

智太郎，那是誰呀？她在叫誰啊？啊……再想一會兒，就快想起來了。不，不行……我不能想。可是，我想知道，即使很可怕，也一定要知道……啊！腦子裡好像有什麼在嗡嗡叫……。

「不能開！彌助，你不能開門呀！」小雞公主尖銳的叫聲，一下子喚醒彌助。他不知什麼時候已經走到門口，手放在門把上了。

沒錯，絕對不能開門，彌助也知道。但是，他就是想看看，那個叫他智太郎的人，是長什麼樣子……。

「沒關係，我、我瞧一下就好。」彌助說。

「彌助，不行！」不顧小雞公主的警告，彌助悄悄推開一道門縫，把眼睛貼在上面往外看。

那是一個女人，站在深沉的黑夜當中。她的臉很純樸，卻掛著邪惡的微笑。她的頭髮披散，身上穿著破舊骯髒的行旅裝束，肌膚沒有血色，只有嘴唇鮮紅。

深沉的暗夜裡，浮現這麼一個蒼白的女人，叫喚智太郎的名字……。

彌助的腦海深處，似乎有個鎖應聲解開，霎時間，塵封多年的記憶，一口氣全都甦醒了！

——＊＊＊——

那時候，智太郎只有五歲。他的母親是賣藥的行旅商人，母子倆既沒有家也沒有故鄉，天天在各個村落之間流浪，途中發現藥草，就搗成藥膏兜售。他們走過各種危險的山路，不但有時被風雨所困，還得小心山間的強盜和野獸，日子過得非常艱苦。

但是，幼小的智太郎從來都不覺得苦。他喜歡到處去，特別是跟著他最愛的母親。

最近，他們的旅途多了一個同伴。

那天，智太郎一回頭，就發現茂密的草叢裡有一團白色的影子。牠又跟來了！智太郎不禁笑出來。

一個多月前，智太郎在山上發現一隻卡在陷阱裡的兔子。

那是一隻從來沒見過的巨大野兔，幾乎有一隻狗那麼大。然而，牠雪白的毛皮此刻卻沾滿汙泥，後腳也被竹刺貫穿了，正流著鮮血。

智太郎趕緊叫母親來，母親一看，就說要放牠逃生。

「這一定是山神派來的使者，得趕快把牠還給山神啊！」母親說。

「可是，狩獵的人不會生氣嗎？」智太郎問。

「我們把一些藥草留在旁邊給他吧！」母親說完，就把陷阱解開，爲兔子塗上最好的藥，又把手巾撕開給牠包紮傷口。最後，母親將不能動的兔子抱上大樹的枝幹，讓牠休息。

「這樣的話，就算有野狗來了也不怕。等牠的傷好了，就能自己跳下來。」母親說。

「嗯，阿娘做了好事啊！」智太郎很高興。

過了大約五天，母子倆走在山道上時，母親忽然笑了。

「阿娘，您怎麼啦？」智太郎問。

「你悄悄回過頭看，不要出聲喔！」母親說。

智太郎聽話的悄悄轉頭，這一看卻嚇了一跳！就在距離他不遠的地方，有一隻巨大的白兔，牠的目光一對上智太郎，就跳進樹林裡不見了。

「咦，那不是前幾天碰到的那隻嗎？」智太郎很驚奇。

「是呀！從昨天開始牠就跟著我們，看起來傷勢好了。」母親笑說。

從那以後，白兔一直悄悄跟著他們。牠似乎在保護智太郎母子，又像是想跟他們當同伴。

智太郎自己幫白兔取名「玉雪」，他決心總有一天要和玉雪玩，把頭埋進牠毛茸茸的皮毛裡。

智太郎邊走邊回頭看玉雪，過不久，母親停下腳步。他們已經來到深山中，雖然天色還明亮，空氣卻帶著涼意，顯然太陽快下山了。

「今天晚上，我們就在這兒過夜吧。智太郎，你去撿一些樹枝來生柴火好嗎？不過不要走太遠喔！還有，記得不要在山裡大聲叫喊，可能會招來什麼野獸或壞人也說不定。」

「我懂了！我只會走到阿娘聽得見的地方。」智太郎愉快的去找樹枝，但是卻始終找不到適合生火的。

他心想，或許應該往更裡面走才找得到。這時，他看見了玉雪。牠好像一直跟在智太郎身後，因爲母親不在身邊，牠就靠得更近了，似乎想幫智太郎的忙。

智太郎試著對白兔說：「玉雪，我需要樹枝。你知道有很多樹枝的地方嗎？」

玉雪馬上動了。牠好像要指路，在智太郎前面慢慢的跑，讓他追得上。

他們來到一株傾倒的大樹旁邊，智太郎折了一根樹枝，發現裡頭是乾的。

「謝謝玉雪！」他高興的採集一大堆樹枝，用兩手抱在懷裡，沿著原路走回去。但是，他們來的時候是爬陡坡，要下坡回去就危險了，尤其是現在兩手都空不出來。

智太郎小心翼翼的走，卻還是滑了一跤：「哇哇哇……」他沿著陡坡滾了下去，直到撞上一根樹幹才停下來。

「好痛……」他強忍後背和手臂的疼痛，但是右腳卻動彈不得，愈來愈痛，不一會兒就紅腫起來。

玉雪跑了過來，看上去很不安的樣子。智太郎拼命求牠：「拜、拜託，去幫我叫阿娘來！」

牠大概是聽得懂，馬上轉頭跑遠了。

現在剩下智太郎一個人，他覺得更害怕了。要是阿娘不來怎麼辦？他的腳傷這麼重，要是不能走路怎麼辦？不好的念頭接二連三冒出來，他的腳痛也加劇了。

誰來幫我都行啊！智太郎高聲呼喊：「救命啊！救命啊！」

忽然，他聽到有人回答。那是一個遙遠的聲音，好像在說：「來了！」他不禁大聲呼應：「我在這兒呀！」

隨著智太郎的呼喊，「現在就去了！」的回應似乎更大聲，更靠近了。那聲音就像一陣風，簌簌前進。

智太郎忽然感到一種異樣的恐懼，他不知道那是什麼，只隱隱覺得不能再喊了。

不知何時已聽不到鳥鳴，四周一點聲音都沒有，似乎所有生物都屏住了氣息。整座山的樣子很不尋常，大地好像在微微顫抖。

智太郎閉上口，那聲音卻還在繼續，好像已經靠得很近，不耐煩的喊著：「你在哪裡？你在哪裡？」漸漸的，聲音變得像是在咆哮。

智太郎抱住樹幹，緊緊閉上眼睛。沙沙沙……那聲音愈來愈近，好可怕呀！

下一秒，有人抱住智太郎，把他的嘴摀上：「不要說話！」智太郎睜開眼睛，原來是母親。玉雪把阿娘帶來了！

智太郎緊緊抱住母親，終於感到能呼吸了！

但是那個奇怪的聲音還在接近，好像在找智太郎，一股惡臭隨之飄來。

母親的身子彷彿僵住一般，似乎在細聽那聲音。接著，她在兒子耳畔小聲說：「智太郎，你好好聽著。從現在開始，不能再出聲喔！」

「阿、阿娘？」

「安靜一點。只要你絕對不出聲，就不會有事的。」母親微微笑的神情，有一種悲傷的美。

智太郎覺得很害怕，拼命抱住母親，不肯放手。

可是，母親卻硬生生把智太郎推開，沿著陡坡跑下去了，邊跑還邊喊著：「喂——喂——」

好像在呼應母親的聲音似的，一個巨大的黑影「唰」的出現了！那個黑影看似一團骯髒的汙泥，用奇快無比的速度追著母親，一下子就追上了！

「阿娘……！」智太郎尖叫，卻被一腳踢出去。有誰抓住他的衣領，朝相反的方向拖走。

啊，是玉雪！牠緊緊咬著智太郎的衣領，拼命往前跑。智太郎被玉雪拖著，離母親愈來愈遠。

但是，阿娘呢？智太郎被拖著跑，還不死心的扭過頭，朝身後看去。

只見黑影把母親倒掛著吊起來，母親的衣服被扯破了，東一塊西一塊，露出白色的肌膚。

呼嚕呼嚕，黑影開始吞噬母親。它慢慢的，從腳開始，接著是身體，再來是頭，最後，只剩一截白白的手臂還露在外面。

那手臂上的指頭還在動……阿娘還活著！阿娘被吃了！智太郎被徹底的絕望和劇烈的後悔侵襲。是他把那黑影引誘來的，他為什麼要出聲呢？他恨自己的聲音。他再也不要出聲了！他的聲音是不吉的，只會招來災難……。

「阿娘……！」智太郎拼命要掙脫玉雪，往母親的地方跑去。但他扭動的身體反而讓玉雪失去平衡，一個不穩，他就被拋出去了！在他身子底下，正是一條急流。

「吱！」伴隨著玉雪的叫聲，智太郎跌落冰冷的河裡。

當孩子甦醒時，發覺自己躺在堆滿鵝卵石的河邊。他爬了起來，一時之間感到很困惑。

這是哪兒啊？他爲什麼會在這麼黑暗的地方，還獨自一個人？他的身上全溼透了，臉也是溼的，腳也很痛，卻什麼也想不起來。這孩子已經失去所有的記憶……。

孩子溼淋淋的身體抖個不停，想要往前走，腳卻痛得站不起來，只好用爬的。他得去找人來幫忙，不管是誰都好……。

這個願望很快就實現了。就在河邊靠近森林入口的地方，有一個白色的人影。孩子還沒到，那個人已經先出聲了：「是誰在那裡啊？」

孩子太高興了，死命朝那個人爬過去，一把抱住那個人的腳。

「你、你是誰呀？」那個人吃驚的問。

「我、我不知道。」孩子說。

「你不像妖怪……是打哪兒來的呢？」那個人問。

「不知道。」孩子不停搖頭，只是抱住那個人不放，好像生怕會被拋棄似的。他不想再一個人了，他好不容易才找到另一個人啊！

「拜託！不要走，不要離開我。」孩子哀求。

「你……想跟我在一起嗎？」那個人似乎有點驚奇。接著，孩子感覺自己被抱起來了。

那個人抱著孩子，有點遲疑的說：「好軟……的東西呀！都不知道原來小孩這麼柔軟……」

「拜託，讓我留下來！」孩子又哀求。

「我已經沒有眼睛了，還以爲誰都不想靠近我……你卻拜託我，想跟我在一起？好吧！我就暫時帶著你，也可以解解悶。」

「你會永遠跟我在一起？可以答應我嗎？」孩子再次懇求。

「嗯，只要我不厭煩，就會繼續保護你。你可以叫我千彌，你沒有名字嗎？那麼，把我的名字分一半給你，就叫你彌助吧！」

「彌助？千彌？」就在這時候，孩子抬起頭，第一次看見抱他的人的臉。

那是一個俊美得像月亮的青年。他實在太美了，只是因爲閉著眼睛，面容有點像一個面具，讓孩子害怕起來。

青年輕聲對孩子說：「看來我撿到一個意外的禮物呢！」他的臉上浮起一絲柔和的微笑，讓孩子忘記害怕，也對青年笑了起來。

——＊＊＊——

哇……彌助像幼小的孩子般嚎啕大哭。

他想起來了！他叫做智太郎，是賣藥的行旅商的兒子。母親犧牲自己的性命保護他，讓他活下去。

回憶排山倒海而來，把彌助擊垮了。他再也承受不住，終於吐了出來。

就因爲自己的聲音招來禍害，讓他失去了最愛的母親。那種恐怖感深植心中，即使失去記憶也無法消除。

同時他終於了解，爲什麼自己和妖怪能自然對話。因爲妖怪比人類堅強，就算他招來禍害，妖怪也能逃走。彌助可以憑本能感知到妖怪的法力，所以才會對妖怪特別信賴。

彌助依然止不住顫抖，這時只聽外頭傳來令人毛骨悚然的呼喊；

「來呀……智太郎，我是娘啊……我想見你，你過來呀……」

面對化成母親的外表，掛著恐怖笑容的妖魔，彌助的憤怒像火焰般燃燒起來：「停、停！你給我住口……」

憎惡的叫喊從他喉嚨深處發出來：「住口、住口！你憑什麼裝成我娘？你不要用她的臉，用她的聲音叫我！你馬上把我娘的樣子消去……！」

但是，彌助的憤怒對妖魔似乎是反作用，他嘎嘎笑得更大聲了：「我想見你，想見你啊……我記得你的聲音，可是沒法追你，我被那狐狸公關起來了……可是，我自由了……孩子呀，你過來，我們繼續在一起，你過來呀……」妖魔的聲音像無數蜘蛛絲般纏著彌助，把他往外拖。彌助拼命抵抗，卻不由自主的往屋外邁開腳步。

他終究走到外頭了。在暗夜中，彌助的母親站在那裡，伸出細長冰冷的手指，把他的喉嚨掐住：「終於見到你了……我一直都很想你，即使關在牢裡也沒有忘記，我的獵物從來沒有逃走的……我抓到的獵物一定要吃掉，這就是冥波巳……啊，我終於做到了！」

冥波巳把彌助的脖子愈勒愈緊，彌助卻無法動彈。在碰到妖魔的瞬間，他的力氣就被拔除了！

他想到母親被妖魔殺死，世上沒有比這更悲慘的事了！可惡……我要報仇！但是身體卻不能動，也不能呼吸。意識逐漸痲痺，彌助感到死亡快逼近他了！

忽然，彌助腦中浮現千彌的臉。在那一瞬間，腦中充滿一個強烈的念頭：「我要活下去！」

彌助還有很多話想對千彌說。他還沒說，謝謝你保護我，養育我。自己要是死了，千彌一定很悲傷。不行，絕對不能死！

彌助想掙脫冥波巳的魔掌，但他的抵抗卻令妖魔更加快樂：「好、好，你就抵抗吧！這樣才有趣啊，真的好有趣啊！」

冥波巳將玩弄彌助的生命當作樂趣，幾乎要把他的喉嚨掐斷了。

「彌助！」只聽一聲尖銳的呼喊，千彌由黑暗中飛奔出來。

千彌一腳把冥波巳踢出去，奪回彌助，接著就往屋裡衝。他把彌助放在地上，用力掰開他的嘴，大吼：「彌助，你醒醒啊！」

彌助用力咳出來，拼命吸氣。千彌像放了心般抱住他：「太好了！真是太好了！」

「千、千哥……」彌助一邊哭泣，把臉埋進千彌胸前，那是世界上最令他安心的地方。

另一方面，外頭的冥波巳已經爬起來，嘖了一聲說：「好啦！這下又多一個獵物了。」

當他正要靠近屋子的時候，千彌卻一副不耐煩的模樣，朝裡面高聲叫道：「姑獲鳥，好了沒有？妳難道還需要更多證據嗎？」

這時，壓在鍋子上的醃菜石掉下來了。接著，鍋蓋被頂起，小雞公主爬了出來。

「不，已經夠了。」小雞公主平靜的說，她的聲音已經完全變成大人了。

「那麼，請妳趕快辦正事，把害我家孩子的妖魔轟走吧！」千彌說。

「了解。」小雞公主應道。接著，她的全身被燦爛的金光包圍。

在白金色的光芒當中，羽毛漫天飛舞，從彌助他們身邊掃了過去，飛出屋外。那是一對非常大的翅膀，但是因爲光芒太刺眼，彌助只能

看見翅膀尾端。

「姑……那是姑獲鳥？」彌助吃驚道。

只見姑獲鳥展翅一掃，將冥波巳拋了出去，那團黑影直接被劈成兩半。冥波巳發出哀號，那是慘敗的聲音。黑影不斷撤退，姑獲鳥也振翅追擊。

忽然，姑獲鳥回頭看了彌助一眼。

她的臉，正是母親的臉。那不是誰的母親，而是集天下所有母親的愛而成，一張不可思議的臉。那充滿慈愛的容顏，令人一眼就可以斷定：啊，這就是母親！

所以，彌助也看見了。在姑獲鳥的臉上，他看見自己母親的笑容。

「阿、娘……」彌助喊道。下一瞬間，姑獲鳥消失在天際。

10

風雨過去，還將再來

彷彿暴風雨剛過一般，一切回歸寧靜，而彌助只是呆呆的坐在原地。冥波巳已經不見，他被姑獲鳥打跑了。但是，姑獲鳥怎麼會是小雞公主呢？這究竟是怎麼回事呢？

就在彌助頭昏腦脹的時候，玉雪跑進來了：「啊，太好了！彌助沒事太好了！」

「什麼叫沒事？彌助的脖子被勒成這個樣子，好狠的月夜王公

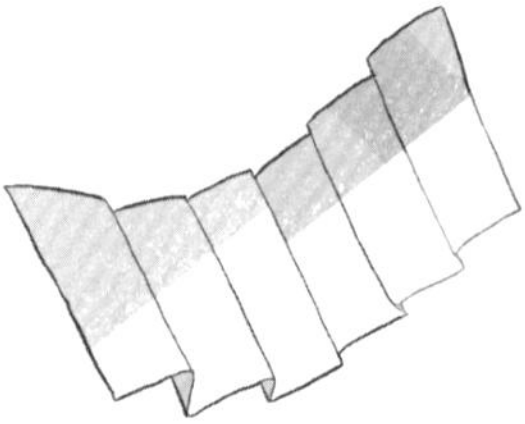

啊！他還叫我再等一下。要是他讓彌助脖子留下傷痕，我絕不原諒他！我一定要給他好看！」只聽千彌怒聲說。

玉雪臉上流下高興的眼淚。聽到千彌的咒罵，彌助這才抬起頭，他先是看著玉雪，說：「妳……就是兔子玉雪？」

「你終於想起來了，彌助。」玉雪說。

「是啊！可是妳不一樣了，妳爲什麼會變成人的樣子？」彌助不解。

只聽玉雪平靜的說：「那時候，彌助的母親犧牲自己去引誘冥波巳，我想把你拖走，可是卻不小心讓你掉進河裡。我以爲你已經溺死了，非常絕望，獨自在山裡徬徨。當我有感覺的時候，自己竟然變成妖怪了！」

「原來如此……那麼妳又是怎麼找到我的呢？」
原來，那時候玉雪聽到妖怪之間的傳言，他們是這麼說的：
「聽說打破姑獲鳥石頭的人類小孩，被下令要開妖怪托顧所了！」
「嘻嘻，是什麼樣的孩子呀？」
「聽梅婆說，是個眼神很有力的孩子。但是，他身上散發出奇異的臭味。那好像是很久以前的臭味，應該是碰到法力很大的食妖魔，留下來的味道。梅婆是這樣說的。」
「食妖魔的臭味」這句話，一直留在玉雪心中。她打聽到地點，去看了一下，沒想到就發現彌助。
「從那以後，我就默默守護著彌助。我以為只要你得到幸福，那我就可以放心了。但我終究還是放不下，只好毛遂自薦來你的托顧所幫忙，這樣我才能一直待在你身邊。」玉雪解釋。

「那妳為什麼沒告訴我，我原來叫智太郎呀？」

「咦？因為千彌很快就發現我想接近你。他很嚴厲的審問我，問我到底要幹什麼，我拼命解釋說只是想待在你身邊，他好不容易才答應。不過，千彌叫我一定不能讓你回想起從前，他說那樣會讓你痛苦。」

「是這樣啊……」彌助這才明白原委。

玉雪從此就來幫彌助照顧妖怪小孩，雖然她很想整天待在這裡，但是她的法力還很淺，一到早晨就會變回兔子的模樣。她擔心若被彌助看見，可能會喚起他的記憶，所以只有在晚上才來。即使這樣，只要可以在彌助身邊，看著他的笑容，玉雪就覺得很幸福。

「冥波巳的事件，就這樣解決了，彌助也得以安全，眞是太好了！」玉雪開心的笑了，卻又忍不住掉下眼眶中打轉的淚水，彷彿點點滴滴的往事在她腦海中浮現。

彌助見狀，便過去安慰道：「不要哭啦！對了，妳可以變回兔子的模樣嗎？我好想看一看。」

禁不起彌助懇求，玉雪把掛在後腦勺的兔子面具取下來，戴上的瞬間，她就化成一隻巨大的白兔。

「哇！妳有這麼大呀！」彌助驚呼，玉雪卻招招耳朵，示意他靠過去。

彌助衝向玉雪，一頭鑽進她雪白的毛皮：「哇，就是這樣！我一直就想這麼做！」玉雪的毛好溫暖，好柔軟啊！

接著，彌助轉向千彌，好像想問什麼。沒等他開口，千彌就先說了：「你是想問姑獲鳥的事吧？」

「嗯、嗯，爲什麼姑獲鳥會變成小雞公主？還有，冥波巳爲什麼沒有提到小雞公主？他好像一開始就對著我來呀！」彌助問。

「冥波巳的目標確實是你啊！他好像非常在意七年前讓你逃掉的事，所以當月夜王公告訴他你在這裡的時候，他高興得不得了，根本不知道是個圈套。」

「這到底是怎麼回事？趕快告訴我呀！」彌助更糊塗了。

「簡單的說，今晚發生的事，都是一場戲。」千彌說。

「戲？」彌助不敢相信。

「是啊！一場很荒唐的戲。」千彌搖頭。

原來，這個計畫是月夜王公提議的。千彌無奈的解釋：「這些日子我經常在夜晚出門，其實是爲了尋找姑獲鳥。後來我好不容易找到姑獲鳥的藏身之處，從此每晚都到她那裡，向她賠罪。」

千彌認爲自己身爲養親，就得爲彌助做錯的事負責。所以他去勸姑獲鳥回來，並再三懇求她原諒彌助。

「可是一開始姑獲鳥只是哭，都不聽我講。後來，我向她形容彌助有多麼努力照顧妖怪小孩，她才逐漸恢復平靜。雖然你沒有發覺，但其實姑獲鳥最近常來這裡，偷看你的表現。」

「我的表現？」彌助很驚訝。

「是呀！她也認為你很努力。不過，她還是不能忘記石頭被你打破的事，她說要看到能展現你真心的證據才願意回來。」千彌又說。

姑獲鳥提出的條件是，如果彌助真的有悔過，就應該用自己的性命保護被托顧的孩子。彌助若是能證明這一點，她不但就既往不咎，還會答應住在千彌提供的石頭裡，把它當作新的姑獲石。

「就在那時候，月夜王公出面了。他沒徵得我同意，就把冥波巳從牢裡放出來，更把我綁起來……結果才害你遇到這麼可怕的事。我絕不原諒他！絕對不原諒！」千彌愈說愈氣。

彌助安慰了一下殺氣騰騰、臉色鐵青的千彌，要他繼續說下去。

原來，月夜王公的計畫是，要姑獲鳥先變成小雞公主，住到彌助的托顧所。她先編一個假故事，讓彌助相信冥波巳在尋找小雞公主。接著，月夜王公就把冥波巳放出來，告訴他從前在追的小孩找到了，讓他去找彌助。如果彌助能竭盡全力保護小雞公主，姑獲鳥就會出現，把冥波巳打跑。

這個計畫最後成功了！

「還有，你最初遇見的東風丸，好像也是月夜王公變的。」千彌說。

「真的是一齣戲啊！」彌助感嘆。

千彌還是一副怒氣沖沖的表情：「月夜王公眞是個荒唐的傢伙！姑獲鳥也眞是的，看見彌助遭到那麼大的危險，也不趕快出來救你！」

這時，彌助心中又生出另一個疑問：「可是，姑獲鳥不是法力很低嗎？她怎麼有力量把冥波巳打跑呢？」

千彌對著困惑的彌助，神情漸漸溫和：「姑獲鳥確實法力很低，可是，當她發現被照顧的孩子有危險，就會變成世界最強的妖怪。保護孩子的心情，會轉化成姑獲鳥的力量。所以，妖怪們都願意把心愛的孩子託給姑獲鳥。」

千彌說，愛孩子的心、爲孩子著想的心和全心全意保護孩子的心，孕育出姑獲鳥這樣的妖怪。

難怪，當自己看見姑獲鳥的時候，以爲是看見阿娘的臉。那不是錯覺，而是自己對阿娘的思念，都傳達到姑獲鳥身上了啊！彌助的內心又悲又喜，問道：「那麼……姑獲鳥是原諒我，願意保護我了？」

「是啊！姑獲鳥已經原諒你了。等她住進新的姑獲石，應該就會再開辦妖怪托顧所。你代理妖怪托顧的工作即將結束了，我們也可以繼續過從前的日子。」千彌微笑著答道。

彌助也想對他笑，上揚的嘴角卻忽然僵住了，他還有個問題。

「新的姑獲石是千哥獻給她的，那麼你給她的是什麼樣的石頭呢？」彌助小心翼翼的問道。

「是這個。」千彌說著，從懷裡拿出一顆圓圓的東西。那是一顆約莫成人拳頭大的石頭，色澤如珍珠般雪白剔透，散發出微微銀色的光芒，彷彿一個小小的月亮。

彌助看得倒吞一口氣，千彌卻只是平靜的說：「這是我的眼珠。以前月夜王公從我這裡拿走，鎖在妖怪奉行所。前些天，我去把它取回來了。」

「取、取回來了？」

「呵呵，是有發生一點小問題啦！那裡有一些頑固的妖怪看守，他們以爲我去取回眼珠，是又想幹什麼壞事。我要是想幹壞事，老早以前就會做了！」千彌的笑容充滿自信：「這個眼珠幾乎封印著我所有的法力，對住家非常挑剔的姑獲鳥應該會滿意。從現在開始，它就是新的姑獲石了。」

彌助看了姑獲石一眼，又轉頭看千彌，一句話也說不出來。他很想問什麼，卻欲言又止。

玉雪大概是察覺到應該避開，便悄悄出去了，屋裡只剩下彌助和千彌。彌助深吸一口氣，問道：「千哥……也不是人類吧？」

千彌微微笑：「我就不再瞞你了，我也是妖怪，原名是白嵐。」

「白嵐……」彌助喃喃的說。

「狂風的白嵐、千禍的一眼魔獸、白色的鬼麒麟……妖怪們是這樣稱呼我的。不是我吹噓，當我還是白嵐的時候，可說是法力無邊。我什麼都會，無論做什麼都能被原諒。因爲我的眼睛，非常特別。」

「特別……？」

「是的，我的眼睛天生就能收服萬物。只要被我盯上，任何生物都會獻上他的靈魂。所以，我覺得很無聊。無論是誰都喜歡捧我，因爲他們是我眼睛的俘虜。我不相信任何人，所以就爲所欲爲，也做了不少壞事……」

最後，白嵐被妖怪奉行所的月夜王公追捕。

「在此之前，月夜王公就很討厭我了。我跟他……有許多過節，還把他的臉用狂刃風刮傷。他爲了報復，就把我法力源頭的眼珠奪走，再宣判將我逐出妖怪界，打落人間。」

「他怎麼可以……」彌助忍不住爲千彌抱不平。

「我並不難過，雖然看不見，生活倒也沒有不便。即使失去了大部分法力，我也不在乎。我什麼都不在乎了。」

白嵐以爲，就算在人間遊蕩，也不可能找到什麼有趣的事，還不如沉睡個千年。就在他腦中都是這個念頭的時候，卻偶然在暗夜的森林裡和一個小孩相遇。

「那個孩子充滿各種感情，他的寂寞、恐懼和不安，幾乎穿透我空虛的心靈。我就是在那時候，生出一點活下去的欲望。」

那個孩子爬到白嵐身邊，死命的抱住他，求他不要拋棄自己。白嵐生平第一次這樣被哀求，而且還是在他失去法力和視力之後。他不但吃驚，也生出了好奇心。

「所以我就想，我乾脆變成人，養育這孩子看看。我那時也沒什麼愛心，不過是爲了自己才撿這個孩子，因爲他在我失去所有的時候還倚賴我。我也是很彆扭的人呢。」

無情的白嵐原本以爲，等他厭倦了這孩子，再把他丟掉就好了。但是他對孩子的興趣卻與日俱增，對人間的生活也不覺煩悶。不知何時開始，他心中的空虛被塡滿了。想要保護孩子的感情，漸漸溫暖了自己……。

「然後，白嵐就變成千彌了，這就是我全部的故事。你還有什麼想問的嗎？」千彌溫和的說。

「千哥把月夜王公的臉打傷了，實在很有勇氣啊！」彌助支支吾吾的說。

「我告訴你這麼多祕密，你卻只說這個呀？」千彌笑了。

「可、可是他是月夜王公啊！誰敢把他的臉打傷呀？」彌助想到那位高傲的月夜王公，他完美的臉竟然被刮傷，眞不敢想像他當時的憤怒。

「我好像也被月夜王公討厭了，他說不喜歡我身上的氣味……」彌助抱怨。

「啊，大概是我的氣味傳給彌助了！那傢伙也真是不成熟啊！」千彌嘆道。

「當你取回眼珠的時候，是怎麼說服月夜王公的呢？即使你跟他說是要當作姑獲石，他也不會輕易的還給你吧？」彌助又問。

「啊，那時候他剛好不在，去參加蟒蛇公主的宴會。我運氣好沒碰上他，不然就很難取回來了！」千彌說得很愉快，彌助瞧他樂在其中的神情，不禁想：「果然是妖怪啊！」

「你雖然是妖怪，也把我養得很好呀。」

「剛開始很辛苦呀！在那之前，我對人間的事一點都不懂。」

千彌在冷天也讓彌助穿薄衣，給他吃冰冷的食物。當然，彌助就感冒拉肚子了，於是，他就煎蜈蚣的眼睛給孩子吃。不過這藥效太強，彌助吃了反而中毒，口吐白沫。

「我就用那樣胡來的方式養你，完全不知道爲什麼人類的孩子這麼脆弱。可是爲了這些事煩惱，對我也是新鮮的經驗呢！」千彌苦笑。

「幸好我沒死掉！」

「其實你有好幾次差點小命不保呢！現在回想起來眞是好險。但是彌助終究被我養大了……我很感謝你呀，謝謝你順利長大了！」

謝謝你順利長大。

這句話彷彿撞進彌助的心坎，令他感動不已，忍不住哭著抱住千彌：「謝謝千哥把我養大！千哥對不起，你爲我犧牲這麼多……連眼珠都捐給姑獲鳥了！」

「沒關係，反正我的眼珠早被妖怪奉行所沒收了。」

「可是，他們說不定哪天會再還你呀！」

「不用了，眼珠爲彌助發揮功用，沒有比這更好的用途了。」千彌神色自若，令彌助更加哭泣不已。

千彌沒說的是，他爲了融入人間的生活，經歷了多少困苦。他一邊做一邊學，現在被彌助感謝，他也只是一笑帶過。這樣的笑容多麼溫暖，多麼富人情味啊！

對於爲了自己而努力變成人類的千彌，彌助衷心感謝。於是，他鼓起勇氣，對千彌說出眞正想問的問題：「從今以後，千哥會繼續留在我身邊嗎？」

「如果你這麼希望，我就留下來。」

「當然了！你絕對不能走，哪裡都不要去！」

千彌笑了起來，摸摸彌助的頭說：「既然你這麼希望，我們就永遠在一起吧！」他的回答，終於令彌助安了心。

千彌曾經是妖怪，這個事實雖然令彌助吃驚，卻也不至於太介意，因為他唯一的願望就是和千彌在一起，這比什麼都重要。要想達成這個願望，他必須更進一步加深和千彌的羈絆，如此一來，他就得改進，不能總是倚賴千彌。

彌助希望自己能成為有資格受母親保護的孩子，有資格讓千彌愛他的孩子。如果連妖怪白嵐都可以為他而改變，他應該也做得到。

不管怎樣，先從跟千彌學按摩做起吧。雖然不知道自己的志向，但是他想試試看。如果技術能練成，將來說不定能當個按摩師，奉養千彌。

彌助心裡生出新的希望，體內彷彿燃燒起來似的。這時，千彌摸摸他的額頭，擔心的說：「你好像在發燒，大概是被冥波巳的瘴氣染上身了。」

「可是我沒有不舒服呀！」彌助不是很在意。

「不要小看這事，你的喉嚨也被他掐了好久，得熱敷一下才行啊。我怎麼光講自己的故事，都忘了你！」千彌慌張的說。

他把彌助塞進棉被，手忙腳亂的從櫥櫃和陶甕裡掏出各種藥瓶。要是把那些藥全都吃下肚，可能反而生出更大的問題，於是彌助趕緊說：「這些事叫玉雪來就好了，千哥可以去買雞蛋嗎？我想喝一點蛋酒暖身。只是現在已經很晚，店大概都關了，請你去向房東討一個蛋好嗎？一個就好。」

「好，只要是爲了彌助，我什麼都能要來。玉雪、玉雪，妳快來呀！」

玉雪立刻走進來，她雖然已經變回人形，神色卻很陰沉：「千彌，妖怪奉行所的捕快烏天狗們，現在全都聚在門外了。」

「烏天狗？爲什麼……啊，是我忘了！」千彌說著，拾起放在地上的姑獲石，將大門一把拉開。

果然，外頭站著一群巨大的烏天狗，每個手中都握著一根六尺長棒，一字排開，警戒的瞪著千彌。

飛黑站了出來，說：「這件事已經解決了，把姑獲石交出來吧。」

「你們好性急，姑獲鳥都還沒回來呢！」

「沒錯，可是姑獲石不能放在人間太久，月夜王公下令，要將它放在安全的地方嚴加守護。」

「看來你們很緊張啊！是不是因爲把眼珠拿給我，又被月夜王公罵個沒完了？」

「那、那跟你沒關係！總之快點把石頭交出來。只要姑獲鳥知道石頭在哪裡，她就會安心了。難道你不想交還了嗎？」

「我都簽了妖怪切結書，你們還懷疑我做什麼？我說過，這個眼珠跟從前的法力，我都不需要了。」千彌說完，就把姑獲石遞給飛黑。

烏天狗們這才如釋重負的往後退，他們好像怕千彌有了眼珠就會恢復法力，因此都非常恐懼。

「那麼後會有期！」烏天狗拋下這句，就一齊振翅飛遠了。

但是，就在他們飛走後，眼前卻留下一個身影……是月夜王公。

彌助忍不住叫出聲，玉雪也發出驚呼，只有千彌一動也不動。

另一邊，月夜王公也直直的注視千彌。半晌，他的嘴角揚起一絲嘲諷的微笑：「想不到，你眞的把眼珠捐出來了。白嵐，你看起來眞是柔弱無力啊！從前像刀一般銳利的表情到哪裡去了？」

「不用你多管閒事。我再怎麼樣都比你裝模作樣好！」

「哼，你還是一樣惹人厭啊！要不是你，吾哪會生這麼大的氣！可惡，這個傷疤到現在還會痛……」月夜王公摸著隱藏在面具下的半邊臉，恨恨的說。

「這句話可是我該說的，你才是個死纏爛打的傢伙呢！居然介意到現在，那不過是個刮傷而已。」千彌不客氣的回敬。

住。」月夜王公怨道。

「很痛啊！還留下難看的疤，害得吾到現在都不得不用面具遮

「誰也不會在乎你的傷疤呀！」千彌說。

「吾在乎啊！是吾呀！誰說是別人了？」月夜王公氣得跳腳，三條長尾巴甩來甩去，把其中兩隻捧尾巴的老鼠都甩出去了。

「你就是爲了罵我這件事才來的嗎？那麼你的氣也該消了，請回去好嗎？我不想再見到你，你勾起我不好的回憶……」

「吾也不想見到你呀！吾只是擔心底下的人交不了差，以防萬一才跟來的。先前他們竟然聽信你的話，把眼珠交給你。部下犯了錯，可是長官的責任！」

「這樣聽來，你的部下大概被修理得很慘了？」

「當然！吾實在太生氣，把妖怪奉行所的半邊都打壞了！這全是你的錯！」

「請不要都推給我行不行？你還不是自己去找姑獲鳥，也不告訴我一聲，就把食妖魔放出來了！」

「閉嘴！一碼歸一碼，那件事與這件無關！」月夜王公怒吼，目光依然沒有離開千彌：「吾以爲你一定是想取回眼珠，趁機恢復法力回到妖怪界，跟吾再大戰一場。爲什麼你沒有？你是不是有什麼陰謀？」

「請不要隨便懷疑別人好嗎？我現在有比法力更重要的事了，僅此而已。」

「是嗎？就爲了那個人類孩子？」月夜王公嗤之以鼻。

千彌的臉色卻倏的陰沉下來：「你要是再愚弄彌助，我絕不放過你。仔細想來，你欠我的帳還多著呢！」

「混蛋！那才是吾該說的。你說什麼鬼話？」

眼看月夜王公和千彌唇槍舌劍，彼此之間就快撞出火花了。

就在彌助以為他們即將開戰的當口，月夜王公卻忽然冷靜下來：

「那麼，你今後都不會再回妖怪界了？」

「不會。」千彌答。

「哼，既然如此，那就此了結……白嵐！」

「是千彌。」

「囉嗦！千彌，吾不了解你的選擇，但是……也許並沒有錯。」月夜王公這麼說，倒令千彌露出驚訝的神情。他卻避開千彌的臉，看向彌助：「彌助，姑獲鳥回來了，你的妖怪托顧所也告一段落。幹得不錯！」

「是、是。」彌助趕緊點頭。

「你今後的工作，就是把這個白臉怪物給我看好。他要是對你厭煩，想再回妖怪界，那可就麻煩了！」

「多管閒事！」千彌沒好氣的說。

月夜王公乾笑一聲，下一秒就消失了。連一聲「再會」都不說，眞是月夜王公的作風。

彌助這才吐出一口大氣：「我好怕月夜王公啊！世界上眞喜歡他的，大概只有津弓吧？」

「嗯，他個性是很難纏，不過，也有他的長處。從前我和他……不提了！彌助，趕快去睡吧！玉雪，請妳照顧他一下。」

「好的。」玉雪說。

「那麼，我這就去討個蛋來。彌助，我再幫你做杯香甜的蛋酒。」

「不，蛋酒我來做就好了！」玉雪趕緊說。

「爲什麼？這麼簡單的我也會啦！」聽著千彌和玉雪的對話，彌助微笑遁入夢鄉。一切都已結束，令他覺得非常安心，幸福的沉沉睡去。

但是……才過沒幾天，月夜王公就差人送來一封信給彌助：

「彌助：姑獲鳥回來了。她說那個食妖魔已經被她追趕到北海，碎成萬段，從今以後不會再出現了。不過，姑獲鳥和吾商量，她對你的表現很滿意，希望你當她的助手。據說喜歡你的妖怪小孩也不少，今後當姑獲鳥想休息的時候，請你給她代班。彌助，吾就此決定，封你為妖怪托顧所代理人，請繼續努力。以上。」

作者後記

各位讀者，謝謝你讀畢《妖怪托顧所》第一集。這部小說原來是為成人讀者寫的，因為有人說：「請把它改成適合孩子們讀的故事」，所以我就改寫了。

雖然我興致勃勃的說：「我很樂意做這件事！」，但等到開始做才明白，寫給大人的書要改寫成兒童版，是比想像中還困難的。

為了讓它容易讀，首先得削減頁數。我設法保持故事的連續性，卻也有不得不將整個章節刪除的情況。

我喜歡的漫畫《鬼滅之刃》裡頭，有稱作「〇之呼吸　壹之型」的酷炫技法。

換成我的情況，就是「執筆之呼吸　壹之型・砍一百頁！」（另一個密技是「執筆之呼吸　拾之型・突破截稿日！」）。

雖然如此，向新事物挑戰總是一件愉快的事。腦海中會不斷想著「用這句話試試看吧」或「換這種說法是不是比較好」等等，像這樣全速腦力激盪是很有趣的。

今後，《妖怪托顧所》將陸續出現許多新的妖怪。他們既有可愛得教人融化的孩子，也有惹事生非令人頭痛的孩子，彌助老是被耍得團團轉。但是在這個過程中，彌助也漸漸成長了。與此同時，他也不時會被捲入很大的事件當中。

本系列第二集，彌助將遭遇空前的危險。

那麼，請大家一同期待吧！

——廣嶋玲子

國家圖書館出版品預行編目（CIP）資料

妖怪托顧所.1, 妖怪托顧所開張了/廣嶋玲子作；Minoru繪；林宜和譯. -- 初版. -- 新北市 ： 步步出版 ： 遠足文化事業股份有限公司發行, 2022.04
面； 公分
ISBN 978-626-95662-1-1(平裝)

861.596　　111001985

1BCI0018

妖怪托顧所 ❶：妖怪托顧所開張了

作者｜廣嶋玲子
繪者｜ Minoru
譯者｜林宜和

步步出版
社長兼總編輯｜馮季眉
責任編輯｜徐子茹
美術設計｜蔚藍鯨

出版｜步步出版／遠足文化事業股份有限公司
發行｜遠足文化事業股份有限公司（讀書共和國出版集團）
地址｜ 231 新北市新店區民權路 108-2 號 9 樓
電話｜ (02)2218-1417　傳真｜ (02)8667-1065
客服信箱｜ service@bookrep.com.tw
網路書店｜ www.bookrep.com.tw
團體訂購請洽業務部｜ (02)2218-1417 分機 1124
法律顧問｜華洋法律事務所 蘇文生律師
印製｜通南彩色印刷有限公司

初版｜ 2022 年 4 月　初版 12 刷｜ 2024 年 8 月
定價｜ 320 元
書號｜ 1BCI0018
ISBN ｜ 978-626-95662-1-1